小学館文庫

すべてあなたのためだから

武内昌美

小学館

すべてあなたのためだから

二月十三日

今日から、ブログを書くことにしました。今迄日記も書いたことが無かったけれど、これは書き留めずにはいられなくて。

ものすごくワクワクしています。パソコンのキーボードを打つ指が止められないくらい、もう書きたくて堪《たま》らないのです。

こんな気持ちになるのは、生まれて初めてです。

きっと素敵なことが起きる……期待に満ち溢《あふ》れた未来を思い描けるのは、なんて素晴らしいことでしょう！

一体、何だと思いますか？

娘の、中学受験です！

中学受験と言えば、裕福なお宅が子供にもエリートコースを進ませるために、伝統ある難関私立に入れる……そんなイメージですよね。

私も、当然そう思っていました。

ごくごく平凡な我が家が、今話題の中学受験にチャレンジするなんて、本当に運命って不思議です。

でも、子供に幸せになって欲しい、少なくとも自分よりはいい人生を歩んで欲しい……そう思うのは、裕福でも平凡でも、親なら同じでしょう。

ああ。平凡な我が家、では、よく分からないですよね。

ちょっと、自己紹介しましょう。


私の名前は、飯野《いいの》良子《りょうこ》。

年は三十七歳。二歳上の主人ともうすぐ小学校五年生になる娘の、三人家族です。

主人は大手企業の下請け会社で、システムエンジニアをしています。私は専業主婦です。主人とは同じ会社で事務職として働いていて、同期でした。職場結婚です。結婚して間もなく子供が出来たので、それを機に退職して、家庭に入りました。

東京都、と言っても埼玉に近い市で生まれ育ち、結婚するまでその実家で暮らしました。市立小中、都立高に通い、短大では英語を勉強しました。ごく普通の子供が、ごく普通の大人になった、そんな感じです。

主人の実家が世田谷《せたがや》にあり、結婚後は私もそちらに引っ越しました。主人が長男なので、正直同居を覚悟していました。ところが住むことになったのは、義実家近くのマンション……主人の両親はすでに結婚しているお姉さん一家と住んでいて、でも長男も近くにいたほうが心強い、ということでした。義母はお姑《しゅうとめ》さんに苦労した方で、私に同じ思いをさせたくないと言ってくれて。優しい方です。主人も義母に似て、優しくて温厚な性格です。見た目は地味で中肉中背、本当にさえない人ですけど、そういう人じゃないと、私の方が気後れしてしまって、一緒にいられません。私にしてはとても幸せな結婚が出来たと思っています。

世田谷に住むことになったのも、学生時代の知人達に羨ましがられましたし。というか、悪口を言われていたみたいです。あいつが住むなんて、世田谷のイメージダウンになるって。確かに、私自身地味で目立たず、そんな自分に自信が無くて、一層隅の方に引きこもってしまうような生徒でした。そんな性格なので、心を開ける友達もいない。いわゆるスクールカーストでも最下層扱いでした。

聞いたことがあるのです。高校の時、新しいクラスになってもう半年も経《た》とうという頃。忘れもしません。体育の後、教室に入ろうとした時、授業をサボったカースト最高層の女子達が話していたこと。

「あの、窓際の席でさ、前から三番目の、おかっぱ。えーと、名前、なんだっけ」

「あれ。なんだっけ。あの地味ーな」

「そう、地味ーな」

「地味ーなでいいじゃん、名前」

私のことです。同級生のゲラゲラ笑う声を扉の陰で聞きながら、私は手の先から全身が氷のように冷えていくのを感じました。笑い声がこんなに人の心を傷つけるのだと、初めて知った瞬間でした。

そんな存在なのです、私は。同じクラスになって半年も経つのに名前も覚えられないような、存在感の無い存在。

いいえ、「存在感の無い存在」としてずっと蔑まれ、侮られていました。仕方ないと思っていました。だって、彼女達の言う言葉は、間違っていなかった。自覚はあった。だからこそ、学校に行く度、彼女達に笑われ、バカにされる度、「存在感の無い存在」として、本当に消えて無くなってしまいたくなりました。自分が本当に情けなく、大嫌いでした。

そんな私が、結婚は同級生の中で、一番早かったのです。

そして、都内でも有数の素敵な街に住んでいるのも、私だけです。

正直、やったと思いました。

勝った、と。

スクールカーストなんて、所詮学校の中だけじゃないですか。社会に出てからですよね、本当の勝負は。そこで得られた勝利が、本当の勝ち。気持ちが良かったです。

これくらいで幸せを得られる、ちっさいなあと思うでしょう?

その通り。平凡、と書いたけれど、私自身はずっと、下層にいる自分が、辛かったのです。


世田谷は、とても良いところです。

私の家のある所は、小田急《おだきゅう》線と京王《けいおう》線に挟まれた住宅地で、都心に出る交通の便がものすごく良く、充実した商店街が南北に延びています。街の中には桜並木の緑道が何本もあり、住宅地にも保存樹木の桜が大きな枝を広げて、春には白い花を、夏には滴るような緑を、秋には踏むのが楽しい落ち葉を、そして冬には暖かな陽《ひ》だまりを楽しませてくれます。元々は田畑が広がっていた田舎だったから、このような都会のオアシスのような環境になったと、義父は言っていました。

そんな自然豊かな環境である上に、世田谷には今流行《はや》りのモンテッソーリ教育を謳《うた》った幼稚園や、レベルの高い私立や国立の中高一貫校が幾つもあります。

そのためか世田谷は、子供に少しでも良い教育を受けさせようと考える、教育熱心な家庭の憧れのようなのです。

その証拠に、不況で取り壊される大企業の社宅や老朽化した団地の跡地に建てられたマンションは、我が子に世田谷で教育を受けさせようとする若いファミリー達によって即日完売します。少子化の今、世田谷には児童数が千人を超す小学校があるんですよ。信じられますか？

でもそのような場所のお陰で、こんな幸運を得られることになったのです。

あら、随分長く書いちゃった。

子供の頃、作文なんて苦手だったのに、嬉《うれ》しいことがあるとこんなにどんどん書けてしまうんですね。

作文の宿題も、こうして書けば良かったんだなあ……もったいなかった。

こんな後悔をさせないためにも、子供には勉強を楽しいと思わせる環境が早くから必要ですね。

少なくとも、私の子供時代では得られなかったもの……それを、娘には、菜摘《なつみ》には与えてあげたい。詳しくは明日書きます！

二月十四日

ことの発端は、授業参観でした。

脱ゆとり教育の一環で、世田谷区の区立小学校は、毎月第二土曜日に三時間授業が行われます。土曜日は会社がお休みの保護者が多いため、学校公開に充てられることもあり、その日も全学年一斉に行われた授業参観日になっていました。

学年が上がるにつれて、参観に来る保護者は減ってきます。

幼稚園では毎日の送り迎えで先生に会い、園での出来事などを聞けました。でも、小学校に上がると、全くのブラックボックスに送り込んでいるかのように、一切子供の様子が分からなくなってしまいます。

一年生の時は、心配で堪らない気持ちを毎日抱え、一週間近い学校公開期間には、一日も欠かさず授業を観《み》に行きました。お友達とお喋《しゃべ》りしているのを見て安心したり、授業中にキョロキョロしているのを見て、後ろから小声で叱ったり……そんなことも、低学年までですね。

学年が上がってくると、もう授業も見慣れてきてしまうし……それに、ちょっと辛《つら》くなってくるんです。

明らかな学力の違いを、目の当たりにさせられて。手を挙げる回数とか、計算の速さとか、発言内容とか……うちの娘は引っ込み思案で、他の児童がハイハイと活発に手を挙げる中一人だけ動かないとか、指名されても下を向いて何も言わないとかいうことばかりなのです。目にするのがそんな姿ばかりなのが何とも歯がゆく、辛くなってしまって、いつの間にか学校に足が向かなくなってしまいました。

いいえ、娘の性格は私にそっくりなんですよ。だから恥じるなんてお門違《かどちが》いなんですけど、何なんでしょう。やっぱり子供には、自分以上になってほしいと期待をかけてしまうんですよね。

だからといって、子供にはそんなこと口にしません。私も変えたかったけど変えられなかった性格だから、言ったら可哀《かわい》そうじゃないですか。

それに何と言っても菜摘は、私にとっては世界一可愛《かわい》い娘なんです。可愛いから、期待してしまうんです。

そんな事情があっても、土曜日の授業参観に行ったのは、娘が赤ちゃんの頃から仲良くしているお友達のお母さんと会いたかったからです。

お願い事がありました。翌週の火曜日、急に実家に帰らなくてはならなくなったのです。

母がギックリ腰になって、家事が出来なくなってしまったからです。

近所に住んでいる姉が手伝いに行ってくれているのですが、その日は姉の義父から、病院に行くため車を出してほしいと頼まれたのだそうです。

嫁ぎ先に実母ばかり大事にしていると思われたくないという、姉の気持ちは当たり前です。代わりに母のもとに行くことを姉から頼まれ、私は快諾しました。

でも一つだけ、心配事があります。娘の菜摘です。

実家にいるのはお昼前から夕方です。私がまだ帰宅しない四時前に、菜摘は学校から家に戻ります。そこです。菜摘はもうすぐ五年生になるのですが、学校から帰った時、私がいないとダメなのです。早生まれのせいでしょうか、寂しがって、泣いてしまうのです。以前、すぐ帰るつもりで近所のスーパーに買い物に行っていたら、その間に帰宅した菜摘が私の不在にパニックを起こしてしまって。マンションの玄関で「ママ！　ママ！」と大声で泣き叫び、お隣の奥さんが慌ててスーパーまで私を呼びに来てくれたことがありました。どれだけ不安だったたか……本当に、可哀そうなことをしました。そんな訳で、誰もいない家に一人で帰宅させるのはしのびない……そこで、お友達のおうちに帰りに寄らせてもらうことを頼もうと、考え付いたのです。

とても仲良くさせてもらっているお友達が、近所にいます。菜摘がまだ赤ちゃんの頃、児童館の赤ちゃん広場で会って以来ずっと一緒の、小宮鈴香《こみやすずか》ちゃんです。麗香《れいか》さん……鈴香ちゃんのお母さんですが、麗香さんはとてもしっかりした子育てをする人で、手塩に掛けて育てられている鈴香ちゃんは礼儀正しくとても賢く、子供のお手本のようなお子さんです。その上母子揃《そろ》ってとても気さくで親切で、そんな方とずっと仲良くさせてもらっているのは、本当に私は運がいいとしか言いようがありません。

麗香さんに菜摘を頼む連絡をしようと思ったのですが、ふと思いとどまりました。学校帰りに直接お宅に伺わせるとしたら、おやつが持たせられません。お友達のおうちに遊びに行く時は、みんなで食べるおやつと一緒に、遊ばせていただくおうちへのお土産を持たせるのが、小学生ママの間での暗黙のマナーです。働いているママは別ですが、私のような専業主婦がそれをしないと、あっという間に話は広まります。「あの子、遊びに来るのにおやつも持って来なかった」……そういう気の利かなさは、ママ同士の人間関係では、毛虫のように厭《いと》われます。

直接会ってお願いして、OKだったらその場でおやつとお土産を渡そう……そう思って、土曜日の授業参観の時、麗香さんにお願いすることにしたんです。

この時なんです、我が家に転機が訪れたのは。

ああ、本当に、本当にこの時、麗香さんと会ってお話しして、良かった！


その日はとてもいい天気で、空は冬らしい冴《さ》え冴《ざ》えとした青が広がっていました。穏やかに日差しは降りそそぎますが、きりりとした冷気が温かさを阻み、「学校公開中」の看板が掲げられている校門を通り過ぎる保護者達は、一様に寒さに肩をすくめ、校舎内へ足早に入って行きます。

その流れに乗って私も駆け込むように入りました。保護者用の昇降口は「寒いねー」と口々に言い合う児童の家族達でごった返しています。平日は時間のある専業主婦の母親がポツリポツリと見に来るだけの授業参観ですが、土曜日はファミリーイベントなのでしょう。母親と父親、さらに乳幼児のきょうだいに、家によっては祖父母まで観に来ます。あまり広くない昇降口はどんどん押し寄せる人々で飽和状態になり、さらに仲の良いママ友同士の立ち話が始まってしまうので、まるで流れのせき止められた川のようです。

私はそういうワイワイとした雰囲気があまり得意ではないので、昇降口の隅でなんとか靴を履きかえ、四年生の教室に向かいました。

教室は、三階にあります。

菜摘のいる四年一組に入ると、すでに授業は始まっていました。黒板には「命の大切さ」と大きく書かれ、全員で声を合わせて道徳の教科書を読んでいます。教室の壁にぐるりと沿って立つ保護者の数は、二、三人しか来ない平日とは桁違いです。どの家庭もやはり父親の参加率が高く、男女合わせてざっと三十人近くはいるように見えました。

土曜出勤している主人に、少し思いを馳《は》せました。

やっぱり、菜摘の授業風景、観たかっただろうな……。

そう思って菜摘の姿を探すと、いました。真ん中の列の後ろから二番目。みんなが教科書を立てて、大きな声で読み上げる中、肩より少し長い髪をぼんやりといじりながら、気持ちの入らない様子で引きずられるように読んでいます。

その様子に、先生も気が付いたようです。

「飯野さん。教科書、ちゃんと立てて。髪をいじるのは授業中はやめなさい」

穏やかな、でも明らかにお説教と分かる声で言われ、菜摘は手を髪から外し、教科書を両手で持ち直しました。

私は思わず俯《うつむ》き、肩を小さくすぼめました。周囲の保護者は何も言わずそのやり取りを見ていますが、心の中では「何あの子、みっともない」と思っているに違いありません。私は自分の子育てを叱られたようで、いたたまれなくなりました。

もう、菜摘ったら……そう思って目を逸《そ》らした時、ヒラヒラと動くものが目に入りました。は、と目を凝らすと、「良子さん」と、私を呼ぶ忍んだ声が耳に入りました。

声の方を見ると、麗香さんが窓際から小さく手を振っていました。

上品なベビーピンクのアンサンブルに、白いワイドパンツを合わせた、いつもながらお洒落《しやれ》な装いで、栗色《くりいろ》のセミロングの髪は綺麗《きれい》に巻いてあります。それなのに頑張ってる感が全く見えないのです。不思議です。

「外、出ましょう」

授業を気に掛けた麗香さんの声の無い言葉を唇の動きで読み取り、二人で他の保護者の前を身をかがめながら、廊下に出ました。学校から、授業の邪魔になるので廊下で喋らないように言われています。私達は息を潜めるようにして階段を降り、三、四年生の使う昇降口まで行きました。そこは保護者用の昇降口とは違い、シンと静まり返っていました。音楽の授業でしょうか、鍵盤ハーモニカを奏でる音が遠くから聞こえます。私たちは、やっと一息つきました。

「ごめんなさいね、せっかく授業観てたのに」

「いいのよ、私も良子さんとお話ししたいなあと思っていたところだったの。メッセージ、嬉しかったわ」

麗香さんは綺麗な顔に優しそうな笑みを浮かべて言いました。今日の授業参観に来るかを尋ねるメッセージを送っていたのです。お話ししたいことがある、と、書きました。それもママ同士の礼儀です。麗香さんはいつも私に礼儀正しく接してくれます。ということは、私も麗香さんに礼儀正しく接しないと、失礼に当たります。私は麗香さんが好きなので、「礼儀の無い人」などと思われたくないのです。

「そう？　良かった」と言って、私は菜摘から聞いた鈴香ちゃんのお話をしました。

「鈴香ちゃん、また漢字の五十問テスト、満点の一発合格だったんですって？　一人だけだよって、菜摘が言ってた。いつもすごいわよね」

「そんな。鈴香、去年漢検受けたから、それを覚えてただけじゃないかしら。たまたまよ」

麗香さんは笑いながら鈴香ちゃんを落とす言い方をしました。でも落とせていません。鈴香ちゃんが漢検を受けたということは、まだ三学期が終わっていないというのに、四年生で習う漢字を全て覚えたということです。

鈴香ちゃんは、小さい頃から本当に頭のいいお子さんでした。入園前から平仮名を全て書け、数を数えられるどころか足し算も出来ました。それは小学校に入ってからも変わらず、通っている公文《くもん》ではもう中学校で習う方程式も使えるようになっているという話です。四月生まれであることをおいても、こういう子を天才とか、神童というのでしょう。

片やうちの菜摘ときたら、今月やっと十歳になったということを差し引いても、どうしてこんなに違うのでしょう。先ほどの授業態度もそうですし、漢字を覚えるのも、計算を解くのも、本当に遅いのです。鈴香ちゃんと比較してはいけないと思いつつ、ついしてしまい、良いところが全く思いつかないことに胸が痛みます。

生まれて来た時は、この上ないほど嬉しかったです。私の宝物、この子のために私は生きると決めたほどです。菜摘は世界一可愛い娘です。決して美人ではないけれど、長いまつ毛に覆われたアーモンド形の目も、笑った時に出来る頬のえくぼも、たまらなく愛《いと》しく思います。ギュッと抱きしめた時の折れそうなほど華奢な身体《からだ》、ふわりと柔らかい髪……全てに心の底から癒されます。それなのに、こんな風に育ってしまったことに、私は時々自分を責めずにいられなくなります。私がもっと優れた人間だったら、娘はもっと賢い子になったのではないか……自分の過去を思うと、そう考えずにいられません。

なので正直、そんな菜摘と、鈴香ちゃんが仲良くしてくれるのは、本当にありがたいのです。鈴香ちゃんのような良い子と仲良くすることで、菜摘も刺激を受けて伸びてくれれば……そんなことも、期待しているのです。

しばらく子供の話で盛り上がった後、私は本題を持ち出しました。

「あのね、実はお願いがあるんだけど」

「あら、なあに？」

「ちょっと、実家の母が腰を痛めてね。その、手伝いにいかなきゃいけないの」

「お母様が？　あらら、大変。うちの母も去年やったのよ、ギックリ腰。大変よね～。ご実家に行かれるなら、なっちゃんうちで預かるわよ」

麗香さんは、全てを話さなくても察して、私が頼みたいことを先に提案してくれました。私は心の底からホッとして、「ありがとう」と、手にしていた紙袋を差し出しました。菜摘がお邪魔した時に鈴香ちゃんと食べるための、自然食品のお店で買ったポテトチップスとクッキー、その他に、麗香さんのためのジンジャーシロップが入っています。

「やだ、そんな気を遣わないで」

麗香さんは困った顔をして、遠慮するように手を振りながら、ふと思いついたよう

に、

「あ、それで、いつ？」

「いけない。大切なこと、言ってなかったわよね。来週の火曜日なんだけど」

「火曜日」

麗香さんは私の言葉を繰り返すと、その綺麗な眉を、きゅうっと寄せました。

「ごめんなさい。ダメだわ」

「え」

「火曜日、鈴香の塾なのよ。二月からは新五年生になって、通塾日が週三回になったの。しかもお弁当持参で、九時まで」

「九時って、夜の？」

鈴香ちゃんは、公文に通っている筈《はず》です。

「公文って、そんなに遅くまでやるの？」

「あら、言ってなかった？　公文はとっくにやめたのよ。今は違う塾」

違う塾にしても、九時が小学生の帰る時間なんて、やっぱりびっくりです。私が驚いた顔をしていると、麗香さんは笑いながら言いました。

「ね、びっくりしちゃうわよね。おまけに塾の課題も増えちゃって、毎日寝るの十一時過ぎなの。もう大変」

週に三回、夜九時までの塾？　しかも毎日十一時までやらないと終わらない量の課題だなんて。私はますます驚きました。

鈴香ちゃんは勉強が出来ます。それは、公文に通って学校の勉強を先取りしているからだと思っていました。でも今聞いた話は、私の想像を超えています。

「塾って、なんでそんなにハードなの？」

素朴な疑問です。私がそのレベルの勉強をしはじめたのは、高校受験の頃からです。九時になって「早くお風呂に入って寝なさい」と言われてものんびりテレビを観続けている菜摘と、同じ小学生とは思えません。

私の問いは、麗香さんには意外だったようです。とても驚いた顔をして、私の目を見つめて麗香さんは言いました。

「なんでって、当たり前じゃない」

「当たり前？」

「そうよ。え？　良子さん、菜摘ちゃんはさせないの？」

「何を？」

「中学受験よ」

ああ、と、私はやっと合点がいきました。

中学受験。それは、優秀なお子さんが有象無象《うぞうむぞう》の子供達とは一線を画す難関私立中に進む、エリートコース。

うちなどにとっては別世界のお話でしたが、鈴香ちゃんみたいな優秀な子には、当然の選択です。

「そうか。鈴香ちゃん、受験するんだ」

すごいね〜、と、私が笑うと、麗香さんは呆《あき》れたように私を見つめました。

「すごいねって、何を言ってるの？　マキちゃんも、エリちゃんもするわよ。鈴香と同じ塾なの」

「え」

マキちゃんとエリちゃんの名前に、私は思わず反応しました。この二人は、あまり目立たない、菜摘に似たごく普通の女の子達です。

そんな子達も、受験をする……？

幼稚園と違い、小学校では保護者同士の交流がグンと減り、子供が話さない限り色々な情報が耳に入ってきません。なので私は、中学受験が、誰もが考える選択肢であるとは夢にも思っていませんでした。

思いがけない話に驚く私に、麗香さんは耳打ちするように声を潜めて言いました。

「あのね、女の子は殆《ほとん》どするのよ、中学受験。高校受験が大変だから」

「高校受験が大変って」

「今の私立女子校って、殆どが中高一貫になっていて、高校から入れる学校って、すごく少ないのよ。ということは、分かる？　都立受験に失敗したら、滑り止めに受けられる私立が無いっていうことなの」

麗香さんの言葉に、私は思わず息を呑《の》みました。麗香さんの言う通りだとすると、もしも高校受験で都立に落ちたら、高校浪人になってしまうかも知れないのです。

菜摘が。

すうっと、指先が冷たくなりました。

都立高校を受ける場合、中学校の内申点が大きくかかわってくる筈です。内申点は勉強だけでなく、学校での日頃の学習態度、生活態度、学校への貢献度などが評価され、点数化されます。私の受験のときは実際の入試での点数と内申点が半々の割合で評価され、その生徒の合否が決まると言われていました。菜摘のように目立たない、勉強もパッとしない子など、とてもじゃないけど高い内申点など貰《もら》える筈がありません。そんな状態で滑り止めの私立もないとなると、どこまで受ける学校のレベルを下げなければならないのか。

　うちの娘なんて大したことがないということは、よくわかっています。それでも大事な我が子、より良い人生を歩めるようにと、一生懸命育てているのです。少しでも良い教育を受けさせてあげたい……少なくとも、私より。菜摘を私より絶対幸せにしてあげたい。いいえ、したい。それが何も持たない私という親のつとめだと思ってきました。

　どうしよう……余程切羽詰まった表情をしていたのでしょう。麗香さんは心配そうに、私の顔を覗《のぞ》き込みました。

「大丈夫？　私、余計な心配をさせてしまったかも。ごめんなさい」

「ううん、ありがとう。私、そんなこと全然知らなくて。教えてもらって良かった、本当」

　笑顔を作ろうとしましたが、頬が強張《こわば》って動きません。そんな私に、麗香さんは言いました。

「心配なの、分かる。子供のことって、自分のこと以上に不安になるのよね」

「そう、ホントに、そう」

　考えれば、悪い想像ばかり浮かんできます。麗香さんの言葉に頷《うなず》く声がひどく暗くなっているのに、自分でも気が付いていました。

麗香さんは、ふっと頬を和らげると、ポンと私の肩を叩《たた》きました。

「なっちゃんも、考えたら?」

「え?」

「中学受験」

私は思わず目を見開き、麗香さんの顔を見つめました。

「中学受験って、うちが?」

「そう。最初から私立に入れてしまえば、高校受験のことも考えなくていいわ。安心じゃない」

「そんな。鈴香ちゃんみたいに優秀な子ならそれもありだけど、うちの菜摘なんかじゃ、入れる学校ないわよ」

謙遜ではありません。大体、ごくごく平均的な主人と私の子が、選ばれた優秀なお子さんが入る私立に通うなんて、夢に見るのもおこがましいくらいです。

そんな言葉を、麗香さんは笑いながら打ち消しました。

「何言ってるのよ。私立って言っても、御三家みたいに難しい学校ばかりじゃないのよ。そんなに偏差値が高くなくても素敵な学校、沢山あるの」

「でも、鈴香ちゃんはもう塾に通って長いんでしょ？　今から入っても、間に合わないんじゃないかしら」

「大丈夫！　新五年生……あ、進学塾では、受験が終わる二月に新学年になるのね。だから、四年生の二月からが新五年生になるんだけど、今くらいから通い出す子、沢山いるのよ。今から始めれば、なっちゃんでもきっとどこか入れるわよ！」

先ほどまで頭に満ちていた黒い霧が、麗香さんの言葉で晴れていくようでした。菜摘が惨めな進路を選ばずにすむかもしれない。素敵な学校で楽しい日々を過ごせるかもしれない。明るい笑顔の菜摘が友達に囲まれている光景が目に浮かびます。キラキラと輝き、光の中を歩き、走り……ああ、そうです。私が過ごしたような、日陰のような学校生活は、絶対させたくない。

私立にさえ、入れば。

「……主人に相談、してみようかな」

期待が胸に満ちてきます。麗香さんにもそれが伝わったのか、彼女も嬉しそうに瞳を輝かせて、私の手を取りました。

「そうしたら？　なっちゃんも受験するって、鈴香が聞いたら喜ぶわ！　私も嬉しい！　一緒に頑張りましょうね、良子さん！」

「うん！　ありがとう、麗香さん！」

私も麗香さんの手を握り、ぶんぶんと振りました。その時、チャイムが鳴りました。学校全体がザワザワとざわめき始めます。階段を子供たちが降りて来る足音と声が聞こえ、私達は手を放しました。そして目を合わせ、ウフフと笑い合いました。


麗香さんは、大好きな、大切な私のお友達です。

ずっと私の道標《みちしるべ》になってくれる頼れるママ友、麗香さんは、これから沢山ここにもご登場願うことになると思うので、出会いを紹介しますね。

あれは、お互いがまだ赤ちゃんママだった頃。

児童館の赤ちゃん広場に初めて行ったのは、菜摘が四か月になった頃でした。

菜摘はとにかく夜泣きがひどく、昼間も抱っこしていないとすぐ泣き出すという手のかかる赤ちゃんでした。主人は毎日帰宅が遅く、子育ての手伝いは望めません。いわゆるワンオペ育児に、私は疲れ切っていました。

『児童館などで、他の赤ちゃんやお母さんと交流を持つと、気分転換になりますよ』

区の四か月健診で保健師さんに言われ、足を運んでみたのです。

「赤ちゃん広場」と書かれた児童館の日当たりの良いお部屋は、乳幼児でいっぱいでした。

ずっと家の中で、泣いてばかりいる菜摘と二人きりでいた私は、その光景を見て、心に光が射《さ》しこんだように感じました。

ここにいれば、孤独から解放される。そう思い、私は赤ちゃんとお母さん達で一杯のお部屋に、期待で胸を膨らませながら、足を踏み入れました。

しかし数分後。私は、もう帰りたくなっていました。

そこでは、もうすでにお母さん達のグループが、がっちりと出来上がっていたのです。

元々前に出る性格ではない私は、出来上がったグループに首を突っ込んでいける度胸などありません。

誰かに話しかけてもらえれば、と思っていても、どのグループも自分たちの話で盛り上がり、一人たたずむ新参者など目に入らない様子です。

お母さん達の楽し気な笑い声、赤ちゃんの泣き声、色彩豊かな賑《にぎ》やかさの中、私と菜摘だけが、モノトーンに沈んでいるようでした。

改めて思い知らされたようでした……私はいくつになっても、価値の無い透明な存在にしかなり得ない。

息苦しくたたずんでいると、腕の中で菜摘がふんふんと泣き出しました。

なっちゃん、悲しいの？

ママも、悲しいよ。

涙が溢れてきそうになります。

もう、帰ろう。

そう思った時、小さな手が、ぐずり始めた菜摘の頭に触れました。

ハッと目を上げると、菜摘よりずっと大きい赤ちゃんが、菜摘の頭をなぐさめるように撫《な》でているのです。

「鈴香、いい子いい子、してあげようね」

優しい声で、その赤ちゃんを抱っこしているお母さんが言いました。そしてそのお母さんは、私の方に目を向け、にっこりと微笑《ほほえ》みました。

「こんにちは。何か月ですか？」

その笑顔で、私の目にたまっていた涙は、一気に溢れ出しました。

まるで女神のような、美しく温かい、光あふれる笑顔。

初めて会った、麗香さんの笑顔でした。

さあ、いよいよ事態は動き出します。

その夜のこと。

「中学受験?」

ダイニングテーブルに着き夕刊を開きながら、主人は私の言葉をオウム返しにしました。

「うん」

テーブルに温め直した筑前煮《ちくぜんに》を置きながら、私はしっかり主人を見つめて訊《き》きました。

「どう思う?」

「どうって……話があるって、そんな事?」

主人は大して興味もないといったふうに夕刊をテーブルに置くと、冷蔵庫に向かいました。

「あれ、ビールは?」

「もう出してあるでしょ」

「あ、ホントだ。なっちゃん、パパにビールついで」

お風呂から上がり、ドライヤーで髪を乾かしている菜摘は、「うーん」と空返事をしながらテレビのお笑い番組を観ています。それでも主人はしきりに菜摘に話しかけ続けます。ちゃんと私の話に向き合ってくれない主人に、猛烈な苛立《いらだ》ちを覚えました。

主人はシステムエンジニアという仕事柄、帰宅時間が遅いのです。なのでいつも私と菜摘は主人を待たずに六時頃に夕食を摂《と》り、主人が帰宅した時には菜摘は寝ているということも多々あります。その日は珍しく八時過ぎに帰宅できたので、主人は菜摘と話がしたくて仕方がないようでした。

「なっちゃん、なっちゃんが好きなコンニャク、パパの分けてあげるよ。イカとタラコの和えたのも。こっちおいでよ」

筑前煮、和え物、サラダ、きんぴら……テーブルに並んだ料理から、菜摘の好きな物を小皿に取りながら、主人は盛んに声を掛けますが、菜摘はテレビに夢中です。これでは全然話にならない。それを見る私の苛立ちは、膨らみ過ぎて破裂しそうです。

仕方なくテレビを消しました。

「あー。何で、ママー?」

「なっちゃんも、こっち来て。これからあなたの進路の話をするんだよ」

「進路って。まだ小学生だよ、なっちゃんは」

何を大げさな……そんなニュアンスを含ませて、主人は笑いながら缶のままビールを飲みました。その言い方にも腹が立ちます。私は眉根を寄せて、自分の席に着きました。

「そうよ。だから、中学への進路の話」

「どうしたのさ。中学なんて、公立でいいじゃない」

私の話に全く興味を示さず、それどころかむしろ面倒臭そうに話を打ち切って、主人は筑前煮を口に運びます。「うん、美味《うま》い」と言って笑みをこちらに向けましたが、今欲しいのはそんな言葉ではありません。私は身を乗り出して、主人に言いました。

「ダメなのよ。区立中に通うと、高校受験しなきゃでしょ？　今の私立の女子校は中高一貫校が多いから、高校からは入れないんだって。そうしたら受験の時、都立の滑り止め、無いんだよ？　なっちゃんに高校浪人させたいの？」

口にするだけでゾッとします。私は思わず隣に座る菜摘の肩を抱きました。そんな私に、主人は呆れたように言いました。

「滑り止めが無いなんて、オーバーな。誰から聞いたのさ、そんな話」

「みんなしてるわよ。だからこの辺の子、特に女の子は、中学受験する子、すごく多いのよ」

みんなかどうかは知りません。少し話を盛りました。でも、だから中学受験率が高いというのは、間違っているとは思いません。私は力説しましたが、主人はそれを軽く聞き流すように、菜摘に笑顔を向けました。

「中学受験だって。ママ、どうしたんだろうねえ」

「あなた！　だから……」

「ママ、知ってるのか？　中学受験が、どういうものか」

主人がこちらに向き直りました。その様子に、私は少し身構えました。主人の目が、先ほどまでと打って変わって、厳しい色を湛《たた》えていたからです。

「知ってるって……少し、鈴香ちゃんのママに聞いたわ。鈴香ちゃん、中学受験の塾に通ってるのよ。週三日、九時くらいまでお弁当持って通ってるって。宿題が多くて、大変って。でも……」

「ママ、でもって言うけど、それがどんなに大変なことか、分かってるか？　小学生の子にとって、そんな生活が」

主人はお箸をテーブルに置いて、私を真っ直《ます》ぐに見ました。

「よく見かけるんだよ。帰ってくる時、塾帰りらしい小学生が、自転車に乗ってるところ。デカい重そうなリュック背負ってさ、必死にこいでんだぜ。夜の十時近くに。もうなっちゃんは寝てる時間にだぞ」

なっちゃん？」

「俺には、鈴香ちゃんは関係ない。なっちゃんのことが心配なんだよ。まだ小学生なのに、家で夕食を食えないなんて、異常だと思わないの？　学校から帰ったら、夕飯まで友達と遊んで、夕飯食ったら風呂入って寝るのが、小学生だろ？　そうだよね、なっちゃん？」

　主人は菜摘に同意を求めました。三人家族で、二人が同意したら多数決で負けです。なっちゃんの未来のためには、絶対中学受験をした方がいい。私は「でも」と食い下がろうとしました。しかしその前に、自分の前に置かれた料理をじっと見つめていた菜摘が、ぽつりと言葉をこぼしました。

「……友達と、遊べない」

「えっ」

　私と主人は同時に言うと、菜摘の顔を見つめました。

「遊べないって、どうしたの？」

「どうした？　仲間外れにでもされてるのか？」

　私の頭に、いじめという言葉がよぎりました。さっきまで高揚していた頭が、冷水を浴びせられたように急激に冷えていきます。

いじめられている、うちの子が。大事な大事な、うちの菜摘が。

学生時代の私、あの時の辛さを、苦しみを、味わっている……?

心臓がドクドクと激しく鳴り、声が震えます。私は菜摘の肩にまわした手に、ギュッと力を入れました。

すると菜摘は、肩から私の手を静かにどけ、「やだ、違うよ」と小さく笑いました。

しかしすぐに笑みは消え、唇を歪《ゆが》ませました。

「公園行っても、友達誰も来ないの。もう」

「そうなの、なんで?」

「塾。みんな、受験するから」

私は思わずガッツポーズを取るように拳を握りました。主人は大きく息を吸いながら、私と菜摘を見比べます。

「なんだ、それ?」

「ね? みんな、受験するのよ! みんな、将来のこと考えてるの。なっちゃんが可哀そうだと思わない? お友達みんな受験するから一緒に遊ぶ子が一人もいなくて、さらにその子達がみんな私立に行っちゃったら、なっちゃん中学でも一人ぼっちになっちゃうのよ」

「よせ、そういうことを刷り込むのは」

　主人は私を睨《にら》みつけ、菜摘に向き直りました。

「これはなっちゃんのことだから、なっちゃんの意見が第一だろう？　なっちゃん、なっちゃんはどうしたい？　仲良しの友達は受験するにしても、他の友達と遊んだり、ちゃんと家でご飯食べて、テレビ観て、いくらでもゆっくり寝られる生活と、毎日毎日勉強に追いまくられて、いつも成績を気にして、夕飯はお弁当、寝る時間も削らなきゃいけない生活と、どっちがいい？」

「ちょっと。刷り込んでるのは、あなたじゃない。受験が辛いって」

「受験は辛いじゃないか。ママも高校や短大で受験しただろう？　あんな大変なこと、小学生にさせたいのか？」

「でも」

「なっちゃん。本当の気持ち、教えて」

　主人は優しく言いました。怒らないから、楽な方を選んでいいよ、そういうニュアンスが含まれています。心を逆撫でされた気がして、再び「ちょっと」と口を挟もうとした、その時。

「……いいの？」

　主人と私の顔を見比べながら、菜摘はおずおずと言いました。

「あたし、してみたい……受験」

「なっちゃん！」

　主人は信じられないというように目を見開きましたが、もうそんなのは無視です。私は思わず菜摘の頭をかき抱き、胸元で抱きしめました。

「そうなの？　そうよね！　みんなするんだもん、なっちゃんもしたいよね！」

「なっちゃん。中学受験って、みんながするからあたしもって、そんな簡単なもんじゃないんだよ？　どんなに大変か分からないで、そんなこと……」

「パパも、分かってないでしょ。あたしのこと」

　何とか考えを改めさせようと悪あがきをする主人に、菜摘は悲しそうな眼差《まなざ》しを投げかけました。

「公園に行っても、低学年の子しか遊んでないんだよ。学校でも、みんな塾の話で盛り上がってる。あたし一人、いつも一人、居場所がないんだよ。自分も受験するなんて考えもつかなかったから我慢してたけど、でも、してもいいなら……」

「いいよ、していいんだよ。ごめんね、そんな寂しい思いしてたの、全然気が付かなくて……」

私は菜摘の身体をギュウッと抱きしめました。小さくて細い、まだ十歳になったばかりの身体に、そんな辛い思いを抱えていたなんて……その切なさを思うと、胸が張り裂けそうです。

菜摘は、そういう子なんです。言いたいことや思っていることを、言うべきではないと思ったら、その幼い身体に抑え込み、押し隠して、引っ込めてしまうのです。

そんな菜摘が、本心を教えてくれた。菜摘の受験に対する気持ちも嬉しかったのですが、菜摘が本当の気持ちを口にしてくれたことは、それ以上に嬉しいことでした。

主人も菜摘の性格を分かっているので、菜摘の言葉を重く受け止めてくれたようです。大きくため息をつくと、再びお箸を手にして、「分かった」と言いました。

「なっちゃんがやりたいなら、パパは何も言わないよ。その代わり、やるならしっかり勉強すること。勉強を怠けるような様子が見えたら、すぐ塾はやめる。いいね？」

主人の言葉に、菜摘は大きく頷きました。目がキラキラしています。こんな菜摘は初めてです。本当に塾に行きたかったのでしょう。菜摘の目のきらめきに、胸が熱くなりました。主人も菜摘の輝き出した表情に相好を崩し、付け加えました。

「それと、勉強があるとしても、毎日八時間は絶対寝ること。寝ないと頭が働かないし、大きくなれないからね。それから塾が無い日は、外で必ず遊ぶこと。子供は本当は遊ぶのが仕事なんだから。それと、家で食事をする日はママの手伝いをすること。思いやりの心を忘れてはいけないよ。それと……」

「パパ、なんだか一年生の時の〈なつやすみのおやくそく〉みたいになってるよ」

菜摘が笑います。頬に出来たえくぼまでキラキラ輝くような、明るい笑顔で。

「さ、筑前煮がすっかり冷めちゃったね。温め直すよ」

「あたしも手伝う！」

お、早速お手伝いか、と茶化す主人に、菜摘は笑いながら私と一緒に立ち上がり、キッチンにくっついてきます。

「ありがと、ママ」

レンジに筑前煮の皿を入れる私に、菜摘が小さく囁《ささや》きました。

「あたしの気持ち、分かってくれて」

「何言ってるの。当たり前のことでしょ」

私はポンポンと菜摘の頭を撫でました。

「ママはいつだって、なっちゃんの味方だからね」

「ママ」

菜摘は顔いっぱいに笑みを広げました。

「ママ、大好き」

キュウッと出来た頬のえくぼが、キラキラしています。その輝きは何とも愛おしく、心が幸せな光に満ち溢れます。

「ママも、なっちゃん大好きよ」

笑うと、菜摘は私にギュウッと抱きつきました。

子供がいつも笑顔でいてくれることが一番の望みです。

それを叶えてくれる、中学受験。

なんという華やかで晴れ晴れしく、そして希望に満ち溢れた言葉でしょう！

これを機に、うちの子が素晴らしい人生を歩めるようになることを、祈るばかりです。

いえ、きっと、そうなります！

だって、全て菜摘のこの笑顔のため……菜摘の幸せのために、始めるのですから。

二月十七日

あれから、四日経ちました。

相変わらず寒く、まだ小石のような花芽の桜並木に風が吹きすさぶ中、私は歩いていました。

「良子さん」

びゅう、と乾いた冬の北風がベージュのコートの裾をさらい、それを押さえた右手から書類が落ちそうになります。慌ててそれも押さえた時、不意に名前を呼ばれ、顔を上げると、貰ったばかりの書類がバサバサと北風に持って行かれました。

「ああっ」

鬼ごっこをする子供のように地面でひるがえる書類を、麗香さんが拾い集めてくれました。

「ごめんなさい、驚かせちゃったみたいね。急に声を掛けたから」

麗香さんは微笑みながら、こちらに歩いてきます。私は「ありがとう」と言い、書類を受け取りました。

「面談、終わったの？」

「うん。緊張しちゃった」

「緊張？　良子さんたら、可愛い。優しかったでしょ？　室長先生」

麗香さんの綺麗な笑い声に、私は頷きました。

「まあ、頑張りましょうって言ってもらえたわ。入塾断られるかと思ったから、ホント安心した〜」

そう、ちょうど入塾の手続きをしてきたばかりだったのです。

〈才能館《さいのうかん》〉……菜摘が入ることにした、中学受験向けの進学塾です。

うちの辺りでは、他に〈慶応《けいおう》アカデミー〉〈光冠《こうかん》ゼミナール〉〈希望学園《きぼうがくえん》〉といった、名立たる進学塾が軒を連ねていて、ちょっとした塾銀座の様相を呈しています。

その中から〈才能館〉を選んだのは、鈴香ちゃんが通っているからにほかなりません。鈴香ちゃんがいてくれれば菜摘も安心しますし、何といっても私の、麗香さんと一緒にいたいという気持ちが大きかったのです。

今回のことでつくづく思ったのが、麗香さんは私にとって素晴らしいインフルエンサーだということ。美しい上にいつも綺麗にしていて笑顔でいて、娘の鈴香ちゃんも可愛くて優等生で……パーフェクト主婦とは、麗香さんのような人を指すのでしょう。

麗香さんを真似《まね》ていれば、子育ては上手《うま》くいくような気がするのです。

なのですが、うちの場合は……。

「参っちゃった。一昨日受けた入塾テスト、菜摘の偏差値三九だって。悪いとは思っていたけど、まさかここまでとは思わなかったわ」

私はため息交じりに言いました。

授業参観の時の菜摘が目に浮かびます。あの時のようなボンヤリした目で問題に向き合っていたのでしょう。塾に行きたい気持ちと実力は別物……改めて突きつけられた現実に、仕方がないとは言え落胆してしまいます。

そんな私の肩を、麗香さんはポンポンと励ますように叩いてくれました。

「良子さんったら。なっちゃん、全然受験の準備しないで受けたんだから、それくらい取れただけでも褒めてあげなきゃ。中学受験を本気で考えてるおうちは、小学校に入る前から準備を始めているんだから」

「ああ、そういえば鈴香ちゃんも公文やってたもんね。やっぱり幼稚園の時から、中学受験考えてたの？」

私は麗香さんに訊きました。幼稚園から公文やそろばんに通わせるおうちは、確かに多かったのです。

何気ない私の言葉に、麗香さんはンッと一瞬息を呑みました。

あれ、訊いちゃいけないこと、訊いちゃった……？　そう思った時、麗香さんはいつもの笑みを見せ、

「まさか。あれは、鈴香がやってみたいって言ったからよ。うちは基本、子供がやりたいって言ったことしか、習わせてないから」

「さすが、鈴香ちゃんだわ～。幼稚園の時から勉強に興味があるなんて。うちはどうだったかなあ……」

幼稚園の時の菜摘と言えば、とにかく泥遊びが好きだったことしか思い浮かびません。「あんまり汚さないで」といくら言っても、泥団子作りに熱中して、いつもソックスや幼稚園のスモックをドロドロにしていました。卒園アルバムに残る菜摘の姿は、泥遊びをし過ぎて、一人だけ制服もソックスも薄茶色に染まっているという、女の子らしからぬ汚れた格好《かっこう》です。

「でも良かった、なっちゃん入れて。本当は才能館、入塾テストで偏差値四〇以上じゃないと、入れないのよね」

安心のため息を麗香さんもついてくれましたが、その言葉に私は驚きました。

「え？　でも、菜摘……え、何でだろ？」

「お願いしておいたの。室長先生に。ホラ、鈴香の〈お友達紹介〉でテスト受けたでしょ？　その書類を出す時、先生に『鈴香の親友なんです。この子が入ったら、もっと勉強頑張ります』ってお話ししたのよ。鈴香、今この校舎でトップだから。先生から、御三家狙えって言われててね。なっちゃんも入れたら鈴香も勉強頑張って、それで御三家受かったら、塾も進学実績上げられて、みんなＷＩＮ－ＷＩＮでしょ？」

私は思わず麗香さんに抱き付きました。

「うわあ、ありがとう麗香さん！　菜摘にも勉強頑張らせるから！　鈴香ちゃんの親友として、恥ずかしくないように！」

「そんな、鈴香はいいから。せっかく受験するって決めたんだもの。頑張りましょうね！」

「ね！」

私達は手を取り合って、微笑み合いました。

私は、本当に思いやりのある、優しい友達に恵まれた。

心の底から、そう思いました。

その日の放課後、いつもならお友達とお喋りしながらのんびりと帰ってくる菜摘が、走って帰ってきました。

「どうだった、塾？」

私がVサインを見せると、菜摘は嬉しそうにガッツポーズを取りました。そんな菜摘を見ると、私も嬉しくなります。やっぱり、この選択は正しかったと、改めて思いながら、入塾の書類と貰って来たテキストを、菜摘に手渡しました。そして、麗香さんから聞いた話を、菜摘にしました。

「鈴ちゃんが……」

鈴香ちゃんのお陰で入れたということは、菜摘に一層の喜びを与えたようでした。走って紅潮した頬が、一層輝きを増したように見えました。

「鈴ちゃん、一番上のクラスなんだよね」

「うん。すごいよね。四クラスあるうちの、一番上なんだもんね。なっちゃんは一番下だけど、室長先生が、成績が上がったらクラスアップもありますって仰《おつしや》ってたから、頑張ろうね」

「あたし……あたしも、鈴ちゃんと同じクラスになりたい」

「えー、一番上？」

私は思わず笑ってしまいました。受験することに決めたといっても、そこまで高望みはしていません。無理に決まっています。

でも。

「鈴ちゃんと、一緒にいたい」

菜摘の真剣な瞳に、私は笑ったことを後悔しました。

そうでした。菜摘は私立に入りたいというよりも、お友達と一緒にいたくて、中学受験を決めたのでした。自分といたくて便宜を図ってくれた鈴香ちゃんの気持ちが、心の底から嬉しかったのでしょう。ごめんね、という気持ちを込めて、私は菜摘の頭をキュッと抱きしめました。

「うん。なれるように、頑張って。ママも応援するよ」

私の言葉に、菜摘は嬉しそうに頷きました。そうして、「勉強する！」と笑顔を見せ、早速リビングの隅にある勉強机に向かい、貰ったばかりの塾のテキストを広げました。

「あらあら、おやつは？」

「後で！　塾の勉強頑張らないと、パパに塾やめさせられちゃう」

「学校の宿題も、ちゃんとやるのよ」

塾のテキストを食い入るように読み始めた菜摘の耳には、もう私の言葉など届いていないようです。テキストにのめり込むその目はキラキラと輝き、一心不乱という言葉がぴったりと当てはまるようでした。

夢を見ているのでしょうか。泥団子を作る以外で、こんなに何かに熱中する菜摘を見るのは、初めてのことです。

胸に熱いものが満ちてきます。

人は、こんなにも変われるのです。

今までの、何に対しても向上心を抱いたことのなかった菜摘は、もうどこにもいない。

鈴香ちゃんが、こんな菜摘を引っ張り出してくれたのです。

もう、この姿だけでいい。

大きな目標を持ち、それに向かって目を輝かせて努力する……それだけで、菜摘は素晴らしい人生を歩み始めていると思います。成功するにしても失敗するにしても、結果はきっと胸の中で星になるでしょう。人生の行き先を示す、ポーラスターに。

菜摘はきっと、幸せになれる。

本当に、中学受験をすることにして、良かった。

二月二十五日

今日は塾の保護者会がありました。

春期講習についての、保護者への説明会です。

お知らせを貰った時、ああ、本当に中学受験ママになったんだ……と、ワクワクとドキドキが一気に押し寄せました。どうしよう、塾のママ達って、どんな感じなのかな。塾の先生って、どんな感じだろう。段々期待より不安が増してきます。

そんな時です。麗香さんから「一緒に行きましょう」とメッセージが届いたのは。初めての保護者会で緊張している、私の気持ちを汲《く》んでくれたのでしょう。麗香さんのそうした心配りは、本当に温かい。見守ってもらっているようで、私は心強さも感じました。

才能館は駅の近くにあります。私の家からは歩いて十五分程かかる距離なので、駅の方に行くというと、そこそこお出かけ気分です。学校の保護者会ならセーターにジーンズ、スニーカーで大丈夫なのですが、今回は少しおめかしをしようかなと思いました。

クローゼットを開いて、考えました。麗香さんは、どんな格好で来るだろう。セミロングの髪を綺麗に巻いて、お勉強関係の集まりだから、パールのアクセサリーが似合う服装でしょう。ワンピースかしら、それともアンサンブル……麗香さんになった気分で考えます。私も、麗香さんに合った服装をしたいから。何で？　だって、友達だから。

去年アウトレットのバーゲンで買ったベージュのニットワンピースを選びました。それに独身時代、冠婚葬祭用に父が買ってくれたパールのネックレスを合わせ、コートを着ました。一張羅のベージュのコートです。ワンピースに合わせるとなると、ベージュにベージュでおかしいかなとも思いましたが、他にコートを持っていないので仕方がありません。いいや、と思って、私はブーツを履いて出掛けました。

待ち合わせの駅ビルの前に、麗香さんはすでに立っていました。

「良子さん」

微笑んで手を振る麗香さんに、思わず見とれてしまいました。前が開いたチャコールグレーの薄いダウンコートから、白に近いグレーのニットと真っ白な革のスカートが覗いています。どれもハイブランドのものでしょう。歩み寄る私に伸ばされた手には、小さなパールを載せた桜貝のようなネイルアートが施されています。ここにパー

ルを使ったのね……私はその手に自分の手を合わせ、

「お待たせして、ごめんなさい。今日も素敵な装いね」

「ありがとう。良子さんも、今日はお洒落して。素敵よ」

「やだ、私なんて」

二人で笑いながら、才能館の方に足を向けて歩き出します。

「なっちゃん、どう？　才能館入って、一週間だけど」

麗香さんの言葉に、私は菜摘の姿を思い浮かべました。

「うん。俄然《がぜん》やる気が出たみたいでね。なんだか、頑張ってる」

「そう？　良かった。誘った手前、もしもなっちゃんが塾が嫌でふさぎ込んでいたらどうしようかと思っていたの……あら？　あそこ、マキちゃんとエリちゃんのママ達じゃない？」

百メートル程前を、いかにも仲良しママ友といった女性二人が寄り添うように歩いています。麗香さんが声を掛けると、二人は振り向き、にこやかな笑みを見せました。

「あら、良いところで会えたわ」

「なっちゃんも入ったのよね、才能館。エリから聞いたわ」

菜摘が入ったのは、エリちゃんとマキちゃんと同じDクラスです。学校で同じクラスなのにあまり話したことがなかったママ達ですが、塾で同じクラスとなると、不思議なことに親近感がいや増すようです。にこやかに始まった会話に、私はホッとしました。

「そうなの、よろしくね」

「なっちゃん、すごい頑張ってるんだって？　マキが言ってた。なっちゃん入ったばっかなのに、バンバン発言してるって」

「嘘《うそ》、あの子が？」

子供が褒められて嬉しくない親はいません。ですがそれ以上に、私は思いがけずもたらされた塾での菜摘の様子に驚きました。いつも引っ込み思案で、学校ではみんなが手を挙げる中一人だけ石像のように動かない菜摘が、バンバン発言？

嬉しくて、心臓がドキドキと高鳴ります。喜びで顔がカーッと熱くなるのを感じ、思わず照れ笑いした時、麗香さんも笑みを浮かべながら言いました。

「そうなの？　まあ、Dクラスだから、ね」

カチッと、一瞬空気が凍りました。

「じゃあ、私こっちだから」

才能館に入り、麗香さんは笑顔で私たちに手を振ると、教室に入って行きました。

そこには〈Aクラス会場〉と書いた紙が貼ってあり、中には数人の保護者が座っているだけ。各々お喋りに興じることなく、読書などしてひっそりと、静まり返っています。保護者のその空気感からも、Aクラスは優秀な精鋭達の集まりなのだと分かります。そこに入って行く麗香さんの後ろ姿は、堂々としていました。

残された私達三人は、何とも表現のし難いイヤな空気に包まれながら、〈B、C、Dクラス会場〉と貼られた部屋に入りました。そこは二教室の仕切りを外したとても広い部屋で、席の八割がすでに埋まり、ザワザワと和やかな賑やかさに満ちていました。その雰囲気に、私達の空気もホッと緩みます。三人で並べる席はもうあまり残っていません。何とか窓際の列の真ん中辺りに見つけ、もう座っている人たちの間を縫うようにして、席にたどり着きました。子供用の机と椅子なので私達には窮屈で、お尻を押し込むようにして座ります。

ちょっと、一息つけました。

「良かった、席あって」

「冬期講習の説明会の時は、結構ガラガラだったんだけどね。春期から入る人が多いのかも」

席に座って落ち着いたのか、それまで黙っていた二人の口が滑らかになりました。

そして、

「……小宮さん、何様？」

　マキちゃんのママが、低い声でボソリと言いました。

「なっちゃんがすごいのは、本当じゃない。新五年生から入った子は、塾の授業のスピードについていくだけでも大変で、初めの頃は発言なんてできないって、ネットで読んだことあるのよ。四年生から在籍してる子に気圧《けお》されて、雰囲気に慣れるだけでも時間かかるって話なのに」

「Dだから、何？　いくら出来ても、下のクラスだから大したことないって言いたい訳？　あの人」

　驚きました。麗香さんのあの言葉にも息を呑みましたが、マキちゃんとエリちゃんのママ達の、麗香さんに対する言葉が、こんなにも悪意というか、敵意に満ちていることに。

　そんな人じゃない、麗香さんは。きちんと庇《かば》わないと。私は笑みを頬に作りながら、二人の会話に割り込みました。

「そんなつもりじゃ、ないと思うよ。大体、中学受験勧めてくれたの、麗香さんだし。女の子は高校受験で苦労するからって、菜摘が苦労しないようにって。それに鈴香ちゃんも、菜摘が入ったら喜ぶからって」

「どうして、鈴香ちゃんが喜ぶの？　同じクラスになれないのに？」

「それは、仕方ないもの。鈴香ちゃん、優秀だから……」

そう言うと、二人は顔を見合わせて、クスクスと笑い出しました。

「そりゃ、優秀にもなるわよね」

「あれだけ英才教育してて、フツーの子になられたら、堪らないわよね」

「え？」

何の話でしょう。

「英才教育って？　幼稚園から公文なんて、普通でしょ？　うちはやってなかったけど、幼稚園でも多かったわよ。公文通わせてたおうち」

「公文？　それだけだと思ってるの？」

「え」

私は二人の顔を見つめました。

麗香さんのことは、子供が赤ちゃんの頃から知っています。児童館で一緒に遊んでいた鈴香ちゃんは、幼稚園に入ると、毎週水曜日に公文に通うようになりました。早お帰りの日なのに遊べないのを菜摘が寂しがっていたので、よく覚えています。「なっちゃんもくもんやりたい」といつも言われていましたが、早生まれの菜摘に勉強系のお稽古事は負担になると思って、させなかったのです。その公文が受験の役に立つという話もあるので、今さらながらやらせておけば良かったと思っていたのですが。

「そうでしょ？　菜摘と鈴香ちゃん、幼稚園も一緒だったから、よく知ってるんだけど」

「幼稚園から一緒だから、知らないんじゃない？」

「言いたくなかっただろうね。幼稚園の人には、特に。バレたら、一生の恥？」

またクスクス笑う二人に、私は焦りを感じました。

何を言っているのでしょう。この二人は、何を知っているのでしょう。私の知らない、麗香さんの、何を。

「……何？　どういうこと？」

「鈴香ちゃんね、小学校お受験したの」

「……え」

お受験……鈴香ちゃんが……？

驚く私に、「落ちたんだけどね」と、二人はまたひっそりと笑い合います。

「でも、私、そんな話全然聞いたことないよ。幼稚園でも、ずっと一緒に遊んでたけど」

「受かったら、言うつもりだったんでしょ？　みんなにはバレないように、お受験用の幼児教室、わざわざ埼玉にまで通ってたんだもの」

埼玉は、麗香さんの実家があります。そういえば、幼稚園の時は毎週末、実家に帰っていました。『親が鈴香の顔見せろって、うるさくて』と、困ったような笑みを浮かべて。

一言も、聞いたことがありません。「お受験するの」とも、「実家の近くの幼児教室に通わせているの」とも。私が聞いたのは、みんな一緒に通う学区の区立小学校の情報……『ランドセル、今はグレージュが流行りらしいのよね』とか、『区立は体育で泳ぎ方を教えてくれないから、スイミングに通わせようと思って』とか、『給食のランチマット、十枚は作ろうと思ってるの』とか……だからうちもランドセルはグレージュにし、スイミングに通わせ、ランチマットも十枚作ったのです。なのに。

なんでしょう、この気持ちは。

麗香さんに何をされた訳でもない。なのに、なんでこんなに心がシクシクと疼《うず》くのでしょう。

そんな私に、エリちゃんとマキちゃんのママ達は、明るく言いました。

「気にすることないわよ。小宮さん、幼稚園のお友達には必死に隠してたんだろうから」

「一年生の時、埼玉から引っ越して来た人が、小宮さんのこと教えてくれたの。同じ教室に通ってたって。そのおうちはお受験落ちたから、次は中学受験を目指して、私立の沢山ある東京に来たって、カラッとカミングアウトしてね。ついでに小宮さんのことも、カミングアウト」

「人違いじゃない？」

　そうあって欲しいと思いました。しかし、

「ううん。すごく目立ってたんだって。鬼母で有名だったらしいよ。先生に言われたことが出来ないと、『何やってんの、鈴香！』って、小宮さん猛烈に怒って、鈴香ちゃん大泣き、いつもだったって。先生から、子供が萎縮するからそんなに怒らないでって、注意されてたんだって。いっつも」

　鬼母。ますます人違いであって欲しい話です。そんなの、麗香さんじゃない。綺麗で優しい、子供想《おも》いの、私の憧れの麗香さんじゃ、ない。

　時間になりました、と言って、スタッフの女性が教室に入ってきました。お喋りをしていたお母さん達はガタガタと居住まいを正します。私達も前に向き直り、その時エリちゃんママが言いました。

「彼女にとって、中学受験はリベンジなのよね、きっと」

「リベンジ？」

「お受験で落ちたのは、実力じゃないって。うちの子は普通の子とは違う。本当の優秀さを見せつけてやるっていう、リベンジなのよ」


春期講習の説明は、殆ど耳に入りませんでした。

麗香さんにとって、中学受験は小学校受験失敗のリベンジに過ぎない。

嘘だと思いました。だって麗香さんは、高校受験で苦労するのが分かっているから、中学受験を決めた筈なのです。全て、鈴香ちゃんのために。

私達に内緒で小学校のお受験をした。しかも、心底大事にしている鈴香ちゃんを、先生に止められる程、追い詰めていた。そんなの、嘘に決まっています。

でも、嘘じゃなかったら。

私は、胸が苦しくなりました。

麗香さんは、私の知らない顔を持っている。そう思うと、なんだかとても怖くなりました。まるで暗い穴を、底の知れない深い深い闇を、身を乗り出して見ている時のような、そんな得体の知れない恐怖が、私の心を黒く塗り潰していきました。

保護者会が終わり教室の外に出ると、先に終わっていたAクラスの保護者達が先生を捕まえて、何か熱心に質問していました。その中に、麗香さんもいました。いつもと変わらない笑顔で、室長先生とお話ししています。

私は、声が掛けられませんでした。

何も言わずに帰るのも気が引けます。でも麗香さんは、帰っていくBクラス以下の保護者の中に私を探す様子もなく、楽しそうに室長先生と話し続けています。そんな姿を見ていると、ここで麗香さんを待つ意味など無いような気がしてきました。私は小さく「お先に」と呟《つぶや》き、他のお母さん達に紛れるようにして、一人で才能館を後にしました。

家に帰ると、菜摘はもう帰宅していました。

以前だったら「なんでママいないのよう」とマンションの玄関で泣いているのですが、今日はすでに机に向かっていました。

「ただいま」

声を掛けましたが、菜摘は振り返りません。机の下には何枚も紙が落ちていて、そこには県名や特産物の名前が書き散らされています。

「何、これ？」

尋ねると、菜摘は猛烈なスピードで紙に書き込みながら、早口で答えました。

「今日鈴ちゃんに教えてもらったの。社会の暗記は、地図を見るのと一緒に、とにかく関連事項を書いて書いて書きまくって覚えるって」

「そうなの。……お腹《なか》、空《す》いてない？」

「食べた」

見ると菜摘の足元には、社会の勉強をした紙に紛れて、チョコパイやクッキーの個包装のカラが落ちています。

「ゴミはちゃんと捨ててって……」

「後で。ごめん、ちょっと黙ってて」

菜摘はこちらなど見向きもしません。集中したいのでしょう。ごめんねと私も言い、お菓子のカラをゴミ箱に捨てました。

帰り道もずっとあった胸のモヤモヤは、菜摘の姿で少し晴れたように感じました。

菜摘は、頑張っている。鈴香ちゃんと同じクラスになるために。そして鈴香ちゃんも、そんな菜摘に協力してくれている。その後ろには私がいて、麗香さんがいます。

それが、全てです。

それで、いいじゃない。

受験に落ちるのは、誰だって恥ずかしい。言いたくないのは、当たり前。私だって、もし菜摘に小学校受験をさせて落ちていたら、誰にも言わなかったでしょう。そっと受けるために、幼児教室に通っていることも、内緒にしていたかもしれません。

たった、それだけのこと。

ああ、そう思うと、スッキリしました。

麗香さんの行為に、私を騙《だま》そうとする悪意など、ある筈がない。

だって私達は、友達なのですから。

誰が何と言おうと、私だけは、麗香さんを信じなきゃ。

三月一日

今日は、月曜日。

でも私達にとって、ただの月曜日ではありません。

ドキドキの度が過ぎて、落ち着くなんて無理でした。おかげでお昼ご飯のうどんを茹《ゆ》で過ぎ、それに入れるつもりの卵を間違えて生ごみ入れに割り落としてしまったほどです。

「ただいまー」

夕方になり、インターフォンから菜摘の声が聞こえました。待ちかねていた声です。私はオートロックを開け、家の玄関を開けて菜摘が来るのを待ちました。「おかえり」というと、菜摘は緊張した目で私を見ました。

「結果、見た?」

「まだよ。なっちゃん帰ったら、一緒に見ようと思って」

「そっか」

そういうと、菜摘は何か大きな決心でもしたかのように肩で息をつき、靴を脱いで家に上がりました。

月曜日は、勉強の頑張りが結果となって表れる日なのです。

先週の土曜日、菜摘が塾に入って初めてのテストが行われました。公開模試というそれは、今まで習った全ての単元が試験範囲になっています。月に二回行われる単元ごとのテストをきちんと復習していれば対応できるのですが、途中から入塾した菜摘は習っていない単元が沢山出題され、とても難しかったそうです。テストが終わって帰宅した時は、「出来たかどうか、全然分かんない」と、べそをかいていたくらいです。

その時と同じ表情で、菜摘が主人のパソコンを開きます。才能館は、テストの結果を塾のホームページで閲覧出来るのです。テスト結果は成績の他、全国での総合と男女別の順位、偏差値が掲載されます。

菜摘はまた大きなため息をついて、ホームページの会員限定サイトのタスクバーにある〈最新成績情報〉をクリックしました。

パッと現れた成績表を見て、菜摘は顔を伏せました。私も思わず目を閉じました。

惨憺《さんたん》たる結果です。

一五〇点満点の国算は、国語四〇点、算数三八点、一〇〇点満点の社理は、社会三四点、理科二八点……偏差値は、入塾テストと同じ、三九でした。

入塾してからの菜摘の姿が脳裏に浮かびます。毎日毎日机に向かい、ひたむきに問題に取り組み続けた菜摘。今まで見たことがないくらい夢中になって勉強したのに、この結果です。

菜摘は、顔を伏せたまま泣き出してしまいました。

低くうなるような泣き声をもらし、身体を震わせます。私は覆い被さるようにして菜摘の背中を抱きしめました。

掛ける言葉が見つかりません。

菜摘は、本当に頑張っていた。今まで、ただテレビを観てマンガを読むという小学生らしい気楽さで過ごしていた時間を、全て勉強に費やしてきたのです。

まるで、修行かと思うくらいの無心さ、必死さで。

どんな努力も、報われないことがある。

大人の社会に出て知ればいい現実の残酷さに、こんな小さいうちから打ちのめされなくてはならないなんて……菜摘の心を思うと、胸が張り裂けそうでした。

「なっちゃん……」

どんな慰めの言葉も、この心の底からの絶望の涙の前には薄く軽いものに過ぎません。

こんな時、母はなんて無力なんでしょう。

私はただ小刻みに震える菜摘を抱き、名前を呼んでやることしか出来ない。その無力さが、悔しくて、悲しくて、私も涙が零《こぼ》れました。

可哀そうで可哀そうでたまりません。

こんなの、ダメだ。

菜摘がこんなに傷つくなら、苦しい思いをしなくてはならないなら、もう中学受験なんて、しない方がいいのかもしれない。

菜摘の這《は》うような泣き声を聞きながらそんな思いが頭をよぎった時、家の呼び鈴が鳴りました。

いつもなら走ってインターフォンに向かうのですが、今はそんな気になれません。留守だと思って帰って欲しい、そう願ってそのまま放っておいたのですが、呼び鈴はしつこく鳴り続けます。

うるさいな……私は呼び鈴を黙らせるつもりで、インターフォンに向かいました。

しかし、インターフォンの画面を見て、思わず声を上げました。

「麗香さん⁉」

『こんにちは』

画面には、いつもの麗香さんの綺麗な笑顔が映っています。その隣で、鈴香ちゃんが小さく頭を下げました。

『ごめんなさい、いきなり来て。今、いいかしら？』

せっかく来てくれたのを、追い返すことなど出来ません。私は「もちろん」と言って、オートロックを解除しました。気が付くと、後ろに菜摘が立っていました。

「鈴香ちゃん、来てくれたよ。お通しして、いいよね？」

「……鈴ちゃんに、申し訳ないよお……」

菜摘の目から、また涙が溢れました。

「鈴ちゃん、あたしが分かんないとこ、すっごく、すっごく熱心に、教えてくれたのに……」

菜摘がしゃくり上げる声に、玄関からの呼び鈴が重なります。

「なっちゃん！」

私がドアを開けると、麗香さんより先に、鈴香ちゃんが駆け込んできました。

「鈴ちゃん」

「なっちゃん、大丈夫？」

「ごめんね、鈴ちゃん……すごく教えてくれたのに、あたし全然……全然、ダメだった……」

「いいよ。今回の公開模試、なっちゃん習ってないとこ一杯出たもん。仕方ないよ。出来なかったとこ、見せて。教えてあげるよ」

「ありがとう」

菜摘は鈴香ちゃんに肩を抱かれるようにして、リビングへ向かいました。

「ごめんなさいね、いきなりお邪魔して」

二人の背中を見ていると、麗香さんが申し訳なさそうな瞳で笑顔を作りながら、私に小さな紙袋を手渡しました。中には有名なパティシエの作ったクッキーとチョコレートが入っています。

「こんな、悪いわ」

「いいの。鈴香がどうしてもなっちゃんに会いたいって言って、押しかけちゃったから。今日、結果が出たでしょう？　公開模試の。あれで、今回出題された問題が、なっちゃんの入る前のものばかりだったから、なっちゃん出来なくてショック受けてるんじゃないかって、鈴香がすごく心配してね」

「え」

「あのね、気にすることないわよ。テストの結果なんて、悪い時もあればいい時もあるの。今回悪ければ、次に頑張ればいいだけ。要は、入試までに出来ればいいんだから。こういうテストは、その練習と思っていればいいの。大丈夫よ、なっちゃんは。大丈夫」

「……ありがとう……」

麗香さんの言葉一つ一つが、私の中で黒々と渦巻いていた不安を、消し去っていってくれます。菜摘だけでなく、私まで涙が零れそうになりました。

鈴香ちゃんが菜摘を思って来てくれたのは本当でしょう。でももっと本当のところは、麗香さんの真心からに違いありません。きっと私も菜摘の悪い成績で不安の真っただ中にいることだろうと想像し、その不安から救い出しに来てくれた、麗香さんの私への思いやり。

何という優しい、温かい人なのでしょう。

「ママ、おやつ出して！」

鈴香ちゃんが来てくれて、元気が出たようです。菜摘の声はいつもの明るさを取り戻していました。やっとその時、私は麗香さんを玄関で立ちっぱなしにさせていることに気が付きました。

「ごめんなさい、玄関先で。入って」

慌ててスリッパを出すと、麗香さんは笑顔で手を振り、

「いいの。私はもうおいとまするから」

「そんなこと言わないで。色々教えてよ。そうだ、鈴香ちゃんはどうだったの？　公開模試」

私がテストの話を振ると、麗香さんの目が、ふっと輝きを増しました。

「鈴香？　偏差値、六七だったわ。全国で、三百三位」

「六七⁉　すごいのね！」

私は心の底から感嘆の声を上げました。菜摘より三〇近く上、夢のまた夢の世界に、鈴香ちゃんはいるのです。

それでも麗香さんは、その綺麗な眉を不服そうに寄せ、

「でもねえ、まだ第一志望校には足りないのよね、偏差値」

「え。第一志望、どこ？」

言ってから、あ、まずかったかな、と思いました。志望校は相手から言い出さない限り、こちらからは訊かないのが受験ママのマナーという話を、どこかで聞いたからです。

しかし私の問いに、麗香さんの瞳の輝きは、一層強くなりました。

「四葉《よつば》学院」

「四葉⁉」

思わず声を上げました。四葉学院と言えば、言わずと知れた伝統校です。小学校から大学まである女子の一貫校で、小学校から入る子は良家のご令嬢ばかりなのですが、中学からは偏差値六八以上が合格ラインという、御三家と並ぶ超難関校になるのです。これまた、うちとは全く別世界のお話です。

「うわあ〜、素敵！　憧れだわ〜。四葉なんて、うちは夢に見るのもバチが当たりそうな」

家に上がってもらった麗香さんにはコーヒーを、子供達にはおやつを用意しながらそう言うと、麗香さんはダイニングに座りながら笑いました。

「うちもよ」

「やだ、まさか。四葉は鈴香ちゃんのイメージにぴったりよ。なんか、不釣り合いで迷惑じゃない？　鈴香ちゃんが菜摘と仲良くしてくれるの。申し訳ないわ〜」

「それこそ、まさかよ。鈴香、なっちゃんが入ってくれて、ますますやる気が出たんだから。友達パワー、大事よね」

麗香さんはそういうと、私の淹《い》れたコーヒーに口を付けました。「おいしい」という言葉に安心し、子供達には麗香さんが持って来てくれたクッキーとチョコレートを持って行きました。リビングのロウテーブルに並んで座り、菜摘に勉強を教えてくれている鈴香ちゃんが、「ありがとうございます」と頭を下げてくれました。

友達想いで礼儀正しい鈴香ちゃん。私達のような出来の悪い親子のために尽力してくれる麗香さん。

自分の利益にばかり目が行きがちな今、こんな風に他人のために骨を折ることを厭わない人が、一体他に、どこにいると言うのでしょう。

私はこんな素晴らしい友人を持てたことに、改めて感謝し、身体が震えそうになるほどの感激を覚えました。

菜摘の成績が振るわなくても、麗香さん達がいてくれれば、きっとこの受験も乗り越えられる。麗香さんとなら、きっと大丈夫。

そして、思いました。

保護者会で聞いたあの噂《うわさ》は、変な尾ひれが付いたものに違いない。

こんな素晴らしい人だから、妬まれて悪い噂を流されたのです。

きっと、そうに違いない。

私は、鈴香ちゃんと麗香さんの訪問に、その確信を強くしたのです。

三月二日

ああ、私は大興奮しています！

本当に、こんなことがあるなんて！

どうしよう、どうしよう！

これから一体、どうなるのでしょう！

ダメダメ。ちゃんと書かないと、伝わらないですよね。落ち着け、私。

ことの始まりは、今日のお昼過ぎに掛かってきた、一本の電話でした。


『こんにちは。才能館室長の、尾崎《おざき》です』

まだ菜摘が学校から帰宅するまで間がある時間でした。菜摘が塾で食べるおにぎりを作らなきゃ、と思いつつ、テレビを観ながらゴロゴロしていた時の電話だったので、私はすっかり慌てました。

「あ、はい！　あ、あの、いつもお世話になっております」

『こちらこそ。今、ちょっとよろしいですか？』

「あ、はい」

『いや、やっぱり、お会いしてお話し出来ませんか？　ちょっと、きちんとお話ししたいので。お母さん、お時間作っていただくこと、可能ですか？』

私の胸に、黒い塊がジワリと湧き上がりました。とても、イヤな気持ちの。

「はい……あの、今日でもいいですか？」

『ええ。それでしたら恐れ入りますが、今からでも可能ですか？　子供たちが来てしまうと、なかなか時間が取れないので』

「分かりました。今すぐ、伺います」

二十分後に、ということで、私は受話器を置きました。

電話機の上に、私は顔を突っ伏しました。室長先生のおっしゃる話の内容を想像しただけで、すでに心はブルー一色です。

イヤな話は、早く聞いてしまいたい。そして早く決着を付けた方が、傷が小さくて済みます。

きっと、塾をやめる話です。

公開模試での、あのとんでもなく低い偏差値のせいで、菜摘はクビを言い渡されるのです。

元々鈴香ちゃんのコネで才能館に入れただけで、入塾の基準も満たしていなかった菜摘です。その上、今回のテストの結果。

切られて、当たり前です。

仕度をしながら、悲しくなりました。菜摘は、きっと泣くでしょう。お友達と一緒にいたい。お友達と受験したい。そうした思いから、初めて一生懸命に向き合い取り組んで来たものだったのに、結果が出せないからと言って打ち切られるのです。なんて可哀そうな仕打ちでしょう。その時菜摘が負うであろう心の傷、その痛みを思うと、中学受験なんて提案した自分を呪いたくなりました。私は心の中で、何度も「ごめんね。なっちゃん、ごめんね」と繰り返しました。


重い気持ちで才能館の扉を開くと、まだスタッフの揃っていない職員スペースで、ひとりパソコンに向かっていた黒いスーツの男性が顔を上げました。室長先生です。私の姿を見ると腰を上げ、「わざわざお越しいただいて、ありがとうございます」と朗らかに言い、私を小さな教室に招き入れました。

「すみません。お忙しいところ、わざわざ足をお運びいただいて。塾で摂る軽食の準備とか、なさってたんじゃないですか？」

「いえ……」

室長先生は四十代半ばくらいでしょうか。学校の先生とは違う、ちょっとスタイリッシュな雰囲気で、爽やかな笑顔の方です。初めて会った時は好印象でしたが、菜摘のクビが言い渡される今となっては、寧ろその爽やかさはズレた空気で鬱陶しいくらいです。軽食なんて、作る必要ないでしょ。どうせ辞めさせられるんだから。心の中でブツブツと言いながら、私は室長先生の正面の席に腰かけました。

「さて、早速なんですけどね」

室長先生はそう言うと、手にしていた分厚いファイルから、数枚の書類を出して私の前に並べました。よく見たら、書類ではありません。先日の公開模試の、菜摘の答案用紙のコピーです。ひどい成績が刃《やいば》になって、また私の胸を抉《えぐ》ります。入ったばかりの生徒を辞めさせるのに、どうしてここまで執拗《しつよう》に出来ないところを見せつける必要があるのでしょう。成績が悪いことが、こんなに追い詰められなくてはならない程、いけないことなのでしょうか。勉強が出来なくても、菜摘はいい子なのに。素直で心優しい、かわいい子なのに。

私は悔しさに耐えるために、グッと目を閉じました。暗闇に、室長先生の声が聞こえて来ます。

「今日お越しいただいたのはですね、お母さんにも協力していただきたいことがあるからなんです」

　私は目を開きました。

　どうやら思っていたような悪い話ではないらしい、ということは、室長先生の言葉と、目を開いた時に飛び込んで来た熱のこもった眼差しから分かりました。でも。

「協力って、一体何を……」

　辞めるのでなければ、わざわざ会って話さなくてはならない用件とは、一体何なのか。皆目見当がつきません。そんな私に、室長先生は菜摘の答案用紙をグィと押しつけました。

「お母さん、これは初めて受けた菜摘くんの公開模試の結果です」

「はい」

　分かっています。これのために、どれだけ私と菜摘は悔しくつらい思いをしたでしょう。もう見たくもないのですが、先生の瞳は私の気持ちとは反対に、キラキラしています。

「いいですか、先ず《ま》理科社会です。今回は菜摘くんが習っていない範囲が多々出たのですが、見て下さい。この丸のついているところ。これらは菜摘くんが習った単元の

 もので、それは全て出来ています。満点です」

「え」

「しかもですね。菜摘くんが習った範囲ではないところでも、グラフや表から読み取る記述問題、これらはとてもよく理解できていて、しっかり書けているんです。この正解している問題なんか、正答率三パーセントです。履修していた子供でも、殆どが解けなかった問題なんですよ」

　家では点数しか見ていませんでしたが、こうして見ると、記述は全て正解しています。しかも、殆どの子が解けなかった問題も、正解しているなんて。その事実に、私は身体が熱くなりました。先生の言葉にも、一層熱がこもります。

「それに、こちらです。算数。見て下さい。間違ったところ、全部計算ミスなんですよ。考え方は、全部合っているんです。分かりますか？　菜摘くん、算数も習った所は完璧に出来るんです。しかも習っていない単元もチャレンジして、別解で解こうとしています。やはり計算ミスで間違っていますけど。この点は、算数の加山《かやま》先生が非常に残念がっています。なんて勿体《もったい》ないんだ、と」

　算数の記述欄には、細かい計算式が沢山書かれています。あの普段はボーッとした子が、難解な算数の問題にこんなに真摯《しんし》に取り組んでいたなんて。私は胸がいっぱいになりました。

「お母さん。私は菜摘くんみたいなお子さんには、今まで二人しか会ったことがありません」

先生の言葉に、私は答案用紙から視線を移しました。一層輝きの増した目が、ぶれることなく、真っ直ぐに私を見つめています。

「一人は十年前。入った時はDクラスの最下位の順位でしたが、グングンと集中力を身につけて、結局筑駒《つくこま》に進んで今は東大の理Ⅲで研究医を目指して勉学に励んでいます。もう一人は八年前。菜摘くんと同じく五年生から入った女の子です。最初はみんなのスピードについて行けず成績が振るわなかったのですが、ペースをつかめたらあっという間にみんなを追い越して、桜蔭《おういん》からやはり東大の文Ⅰに合格しました」

世の中の親なら一度は夢に見る子供のエリートコースが、先生の口から出て来ます。その言葉に、胸の鼓動がどんどん大きくなっていきます。

「お母さん、菜摘くんは、素晴らしい理解力と考える力を持っています。伸びますよ、これからどんどん。そのために、是非ともお母さんのお力が必要なんです」

先生は言葉を刻み付けるように、私に顔を近づけました。そしてしっかりと私の目を見つめて、言いました。

「いいですか。とにかく菜摘くんは、演習不足です。問題を見たら反射的に答えが出せるくらい、やり込んでいかなくてはなりません。毎日計算と漢字は欠かさずやらせて下さい。算数に関しては、こちらから出している宿題では到底足りないので、加山先生の方から菜摘くん用に追加のプリントが出されると思います。他に宿題のドリルは、確実に三回は回してください。理社に関しては、これから何度も同じところをカバーしていくので、今出来ていなくても心配要りません。国語は、今は読書を沢山させて下さい。そしてお母さんが、どんな内容だったかと感想を訊いてください。要約の勉強になります。それと天声人語の書き写しと要約も、作文と記述の勉強になるので、毎日させて下さい。でも、一番大切なのは、いいですか」

先生は、ギュッと心の底を摑《つか》むように、私の目を見据えました。

「絶対、追い詰めないで下さい」

「え」

「子供は、ひどく不安定なものなんです。だから成績も、良い時もあれば悪い時もある。今はやる気に満ちているようですが、大人のようにずっとそれを保つことは出来ません。急にやる気が落ちたり、やっても伸びない時期が、必ずあるんです。でもそういう時に、絶対責めないで下さい。今はまだがむしゃらに勉強に向かう時期ではありません。怠けたくなって当たり前の年頃ですし、そこで無理やりやらせたら、受験前に心が折れてしまいます。まだ五年生の今の時期には、親御さんには、子供に勉強を強制するより、受験へのやる気を本番まで大切に培う気持ちで、育ててあげていただきたいんです」

お願いします、と言われて、私は深く頷きました。何故《なぜ》だかひどく身体が震えてきて、頷きもガクガクとぎこちなくなりました。恥ずかしさから、思わず照れ笑いをしました。

「……いやだ。私てっきり、この間のテストがあまりに悪くて、塾を辞めなくてはならないお話かと思って来たんですよ。なんだか、すっかり思いがけないお話で……」

「いや。こんな話、滅多にしないいんですよ。先程もお話ししましたが、菜摘さんで三人目です」

「なんだか信じられません。菜摘、学校では全然勉強なんて出来ない方なので……」

「学校の勉強はつまらないから、やる気にならないのでしょう」

先生は、ニッコリと大きく笑って見せました。

「頭の良い子ほど、そういうところがあるんですよ。去年など、不登校だけどうちにだけは通っていた子が、早実に受かりました」

繰り返される成功物語に、頭がクラクラします。桜蔭、早実……軽々しく口に出来ない、通うのは限られた雲上人《うんじょうびと》だけだと思っていた学校名が、菜摘のすぐ近くのものとして語られるのです。

「とにかく、よろしくお願いします」

そう言って室長先生が立ち上がりました。話が終わったことに気付き、私も急いで立ち上がり、深く頭を下げました。

「こちらこそ……あの、本当に、よろしくお願いいたします」

私のために扉を開けながら、先生はふと思い出したように言いました。

「菜摘くんは、志望校は決まっていますか？」

「いえ……あの、具体的に考えていなくて。お友達がいるから入った塾なもので」

「ああ、そうでした。小宮鈴香くんの紹介でしたね」

先生は、また爽やかな笑顔を見せました。

「じゃあ、菜摘くんも第一志望は四葉かな」

「いえ、それはさすがに難しいですよ」

私は笑いながら手を振りました。すると先生は、強い気持ちの入った声で言いました。

「大丈夫ですよ。このまま行けば、必ず受かります。もっと上だって、十分狙える。その力が、菜摘くんにはありますから。期待、してますよ」

爽やかな笑顔に送られながら、私はもう一度頭を下げて、才能館を出ました。

期待、してますよ。

室長先生から言われた言葉を、反芻《はんすう》します。

素晴らしい力。

頭の良い子。

桜蔭、早実。

東大。

四葉学院は、必ず受かります。

いくら抑えようとしても、口元がピクピクと笑おうとしてきます。心も身体もウキウキして、スキップをしたいくらいです。

菜摘が、うちの子が、そんなに優秀な子だったなんて。

トンビが鷹《たか》を産むとはこのことでしょう。

私の受験の時は、その時の力に合った進路しか選べませんでした。進路に関して、「上を目指す」という目標など、ありませんでした。高校を選ぶ時は自分の成績に合ったところ、大学受験も自分の偏差値に合ったところ……失敗して浪人という、出来れば避けたい道に進まないために、無理することなく、安全な道を選んで来ました。

私にも、もし今の菜摘のように、「上を目指す」という選択肢があったのなら、どうなっていたでしょう。

もっと、何か……何もかもが、変わっていたかもしれません。

ドクン、と、胸が大きく鳴ります。

今まで私が歩いてきたつらく苦しい道以外にも、選択肢はあったのです。

私は、進む道に分岐点があることに、気付かなかった。誰も、教えてくれなかった。

でも菜摘は、そこに、今、立つことが許されたのです。

選ばれた人間だけが知らされる、分岐点に。

進んで欲しい。いえ、進ませてやりたい。私が進めなかった道に。

高鳴る胸に、手を当てます。

決めました。

何でもしましょう、菜摘のためなら。

私以上の幸せを得られる道を、菜摘に与えてあげるのです。

菜摘が輝ける未来に、連れて行ってあげるのです。

頭の中に、テレビや雑誌で取り上げられる菜摘の姿が浮かびます。中学受験熱が盛り上がる中、挙《こぞ》ってマスコミが取り上げる、早々に人生の勝ち組切符を手に入れた、中学受験勝利者の子供達です。その中に、輝かしい菜摘がいます。そして菜摘と一緒にインタビューを受けている、輝かしい私の姿。

『うちの子、本当は受験するつもりなかったんですよ』

『勉強しなさいなんて、一度も言ったことないんです』

『家では甘えんぼさんなんですよ』

ずっと私のことをバカにしてきた学生時代の級友は、それを見てさぞ驚くでしょう。ほら、やっぱり人生は先に行かないと、勝ち負けなんて分からないのです。

私は憧れの眼差しに包まれる自分の姿を想像して、いよいよ零れる笑みが抑えられなくなりました。

「ママ！」

ハッと気付くと、もう商店街の終わりの方の、小学校の近くまで歩いて来ていました。校門の前で、菜摘が手を振っています。見慣れた姿ながら、私は思わず見とれました。量販店の服を着て、長いまつ毛とえくぼ以外特徴のない平凡な顔のあの子が、類まれなほど優秀な我が子。思わず相好が崩れます。菜摘は一緒にいた友達に手を振って別れ、こちらに走り寄ってきました。

「今の子、誰？」

菜摘と別れた後、大声で友達の名前を呼んで走って行く女の子の後ろ姿を見ながら、私は尋ねました。

「さっちゃん。隣のクラスだけど、音楽クラブで一緒なの」

「成績は？　いいの？」

優秀な我が子には、同じくらい優秀な子と仲良くして欲しい。そんな考えが、頭に浮かびます。

「知らない。それより、どうしたの？　なんかニコニコしてるね」

「ああ。あのね」

私は、菜摘に室長先生から聞いた話を、丁寧に話して聞かせました。特に菜摘の潜在能力の高さを塾が認めていること、それを伸ばしたら、御三家、ゆくゆくは東大も進路の視野に入れられるという部分を、強調して。

私の話に耳を傾ける菜摘の顔が、ドンドンと紅潮してきます。室長先生の話を聞いている時、私もこんなふうだったのでしょう。菜摘は目をキラキラさせ、「良かった」と言いました。

「じゃあ、あたし頑張ったら、鈴ちゃんと同じ学校、行けるの？」

「そうだよ。もっと上も、目指せるんだよ」

「やった、鈴ちゃんと同じ学校！　あたし、頑張る‼」

菜摘はガッツポーズをして、ジャンプしました。

「ねえ、今の話、鈴ちゃんにしていい？」

「うん。あ、待って」

よくよく考えると、まだ何も確実なことはありません。菜摘の潜在能力も、進路の可能性も、何もかも、言ってみれば室長先生の〈長年中学受験に携わった者による直感〉でしかないものなのです。

「そうだね……頑張って成績が上がって、クラスアップ出来てから話したほうが、良いんじゃないかな」

「そっか、分かった！　次のテストは単元テストだもん。あたし、絶対頑張る！　鈴ちゃんと一緒のとこ、受かるように‼」

菜摘の嬉しそうな顔に笑顔を返し、私も麗香さんのことを思い出しました。

麗香さんにも、そのタイミングで話そう。

菜摘も、鈴香ちゃんみたいになれるかもしれない。塾で一緒のクラスになって、中学も一緒に通えるかもしれない。

そうしたら、私と麗香さんも、今度は中学ママ友としてずっと仲良く出来るのです。今までは菜摘と鈴香ちゃんでは出来が違い過ぎて、どこか申し訳ないような、一歩引いた気持ちでいたのですが、これからは対等にお付き合い出来ます。このことも、この上ない喜びです。

やっと、麗香さんと本当の友達になれる。

菜摘が優秀になると、夢に描いていたことがどんどん叶っていきます。なんとなく重く薄暗かった世界が、明るい光に包まれるようです。

「なっちゃん。勉強したら、良い事ばっかだね。これからも、頑張ってね」

「もちろんだよ！　ああ、塾早く行きたーい！」

隣でスキップする菜摘に、私はハッと思い出しました。

「いけない、おにぎり作ってないよ」

「えー？　そんなあ。お腹空くんだよ、勉強すると」

「ごめんごめん。超特急で作るから」

「中味は、昆布にしてね」

「オッケ」

私はニッコリ笑ってウィンクをしました。いつもはこんなことしません。舞い上がるということは、いい年のオバサンにこんなことまでさせてしまうのです。無意識に、鼻歌まで出て来ます。

ハヤクコイコイ、タンゲンテスト……。

鼻歌に心の声を載せます。

早く、早く麗香さんに話したい。いえ、誰でもいい。菜摘が、うちの子がすごいということを話したくて、私はウズウズしていました。

このブログを世界中に拡散したいくらいです。

うちの菜摘はすごい、ものすごい天才なのよ!

三月九日

福音のような室長先生のお言葉から、一週間が経ちました。

あのワクワクからすぐに何か起こる訳でもなく、淡々と日が過ぎています。

ひょっとしたら、夢でも見ていたのかしらと、気が抜けかけていました。

ところが。


「ただいまあ」

塾から帰った菜摘の声が、玄関に響きました。私はそれを聞いて、急いでシチューを火にかけ、サラダを冷蔵庫から取り出します。

菜摘が今在籍しているDクラスは、終わるのが七時半です。鈴香ちゃんが在籍しているAクラスは九時まで授業があるのでお弁当がいるのですが、下のクラスはそんなに習うことが多くなく早く帰るので、軽食のおにぎりを持たせているだけです。ちゃんとした夕食は、家で摂ります。

「おかえり」

ダイニングテーブルに食器を並べる私の横を早足で通り過ぎると、菜摘は真っ直ぐリビングの隅にある自分の机に向かいました。

「なっちゃん、夕食は？」

会社帰りに菜摘を塾からピックアップして一緒に帰宅した主人が、塾の教材をリュックから取り出した菜摘に、声を掛けました。

「待って。これだけ、ちょっと解きたい。算数の先生から、挑戦状貰ったの」

「挑戦状？」

覆いかぶさるようにして机に向かっている菜摘の手元のプリントを覗き込むと、円と三角形が複雑に入り組んだ図形問題が印刷されています。

おお、これはひょっとしたら、室長先生が言っていた、算数の先生が用意してくれたという菜摘用のプリントでしょうか？

夢じゃなかった、良かった、と思いながら、どれどれと問題を読んでみました。

びっくりです。算数どころか数学の記憶の中にも見当たらない程、難しそうな問題です。正直、チンプンカンプンです。そんな問題に、菜摘は何本も補助線を引き、計算式を書き連ねていきます。

「なっちゃん、先に食べてからやったらどうだ？　ママがせっかくあったためてくれたシチュー、冷めちゃうぞ」

「いいのいいの。なっちゃん、解き終わってからでいいよ」

「ん」

よそってあった菜摘のシチューを鍋に戻すと、テーブルでビールをコップに注《つ》ぎながら、主人が眉をひそめました。

「なんで家族揃ってるのに、別々に食べるんだ？　おかしいだろ？」

「だって勉強してるのよ。挑戦状ですって。なっちゃん、それ、みんな貰ったんじゃないでしょう？」

「うん。Aクラスには、配ったんだって。Dでは、あたしだけ」

本来ならトップクラスの子だけに与えられる難問を、菜摘にくださった。挑戦状とは、先生の菜摘に対する期待なのでしょう。問題に取り組む菜摘の後ろ姿を見ながら、私は心が躍るのを止められません。思わず頬も緩みます。

しかし、そんな私の横で主人は不機嫌そうにため息をつき、

「とにかく、それは明日にして、早く夕飯食べなさいよ。お風呂にも入らなきゃだろ？　寝るのが遅くなるよ」

「ちょっと、せっかく集中してるのに、邪魔しないであげて」

「もう八時まわってるんだぞ。問題解いて、夕飯食べて、お風呂入ってだと、寝るのが十時過ぎるぞ。小学生にそんな夜更かしさせて、いいと思ってるのか？」

「いいじゃない。朝七時に起きれば、九時間は寝られるのよ。十分よ」

「でもな……」

主人が言いかけた言葉を飲み込みました。その視線の先に目を向けると、そこには私と主人をじっと見つめている菜摘の顔がありました。アーモンド形の目に、怯《おび》えたような、不安な色を湛えて。主人が慌てて不機嫌さを押し隠して、笑顔を作ります。

「大丈夫だよ。パパとママ、喧嘩《けんか》してる訳じゃないから。とりあえず、まだ手も洗ってないだろう？　洗っておいで」

「うん」

小さく答えると、菜摘はリビングから出て行きました。その隙を縫うように、主人が押し殺した声で言いました。

「……今から勉強一色にするなってことだよ。受験まで、あと二年近くあるんだぞ」

「そうよ。あと、二年しか無いの。出来る子は、もうずっと前からやってるのよ」

「なっちゃんは別だろう」

「なんでなっちゃんを下に見るの？　あの子は塾からも期待されてるのよ？　今日だ

って、なっちゃんだけ宿題貰って。あなたは嬉しくないの？　子供が私達より優秀になるかもしれないのよ？」

私の言葉に、主人は目を閉じて大きなため息をつきました。呆れたというか、分かり合えないというか、そんな風な、どこか私をバカにしているような表情です。

私も、主人にズレを感じていました。

何も分かっていない、この人は。菜摘の今の立場も、価値も、何にも。そのくせ、なんでこんなに難癖をつけてくるのか。

私は主人に食って掛かろうと身体をテーブルに乗り出しました。

その時、菜摘がリビングに戻ってきました。主人の顔に笑みが戻ります。

「どうする？　先にキリが良いとこまで、挑戦状に立ち向かうか？」

「……先に食べるよ」

そう言うと、菜摘はダイニングテーブルの自分の椅子を引きました。

「なっちゃん」

「先に食べるって」

話しかけようとした私を、押しとどめるように主人が言いました。ジッと私を見る主人の目には、ほんの少しですが怒りが滲《にじ》んでいます。主人は温和な人で、滅多に怒りません。その分、本気で腹が立った時の怒りは、青い炎のようです。

私は間違っていないのに……そう思いながら、言葉を飲み込んで、シチューを温め直しました。

そんな私の背後で、主人が菜摘に色々と話しかけます。今日の給食、春巻きだったろう？　音楽集会で、〈君をのせて〉歌ったんだよな？

「パパ、また学校のホームページ見たの？」

菜摘が笑いながら、主人の振った話題に応えます。

主人は、会社の休憩時間に、学校のホームページをスマホで見ているらしいのです。

本当に、本当に娘が大好きなパパなのです。こんなに子煩悩になってくれるとは、結婚する時は想像もしませんでした。心の底から、有難く思っています。

それなのに、なんで菜摘が選ばれた子供であることを、認めてくれないのでしょう。なんで、もっと菜摘が上に昇ることに、協力してくれないのでしょう。

シチューをよそいながら、ぼんやりと考えます。

他のおうちのお父さんは、どんな風なのだろう。

すごく、気になります。

麗香さんのご主人は、鈴香ちゃんのパパは、どんな風なのだろう。

三月十日

今日も、朝からいいお天気でした。

毎朝ベランダで洗濯物を干すのですが、やっぱりお日さまが出ていると気持ちがいいですね。

「いってらっしゃい」

洗濯物を干しながら、私はマンションから道路に出て来た主人と菜摘に、手を振りました。通勤カバンを下げた主人とグレージュのランドセルを背負った菜摘がこちらを見上げます。主人は手を挙げるだけなのですが、菜摘は満面の笑みで、大きく手を振ってくれました。

これは毎朝の安全の儀式のようなもので、菜摘が小学校に入ってから毎日していいます。一年生の時は、ランドセルに背中がすっぽり隠れるくらい小さかったのに、もうすぐ五年生になろうという今は、いつの間にかすっきりと伸びた手足の小鹿のような後ろ姿に、しみじみと成長を感じます。

二人の背中が小さくなり、やがて通勤通学の人波に紛れて見えなくなったところで、

「さてと」と洗濯かごからバスタオルを引っ張り出します。パンパンとそれをはたいていると、室内でスマホがメッセージを受信した音が響きました。私は直感で「麗香さんだ」と思い、干しかけのバスタオルを放ってメッセージのチェックに走りました。やはり、そうです。昨日の主人とのやり取りをメッセージに書き、「お宅では、ご主人はどんな感じ？」と相談を持ち掛けていたのです。そのお返事でした。

『どのおうちも、パパと一枚岩になるのは大変よ。良かったらお話伺うから、今日の午後、子供の下校時間まで、うちでお茶しませんか？』

その文面に、私はホッとしました。パパのことで悩んでいるのは、うちだけではないんだ……苦しいのは、辛いのは、うちだけではない。

子供が小さい頃からずっと、子育ては不安だらけです。そういう時、「うちもだよ」その一言が貰えるだけで、ママは安心して子供に向き合えるのです。子供がどんなに大きくなっても、いや、大きくなるほど、その不安は失敗が許されない選択の前に湧き上がります。すがるように、欲しくなるのです。「うちもだよ」の一言が。

すぐに麗香さんに『ありがとう。お邪魔させていただくね』と返事を打ち、大急ぎで残りの洗濯物を干しに掛かりました。

麗香さんのおうちに伺う際の手土産を、買いに行かなくては。

私のために時間を作ってくれた優しい麗香さんが喜んでくれるものを、買いたいのです。

麗香さんの家は、丘の上に立つ、大きな低層マンションです。その辺りは昔からの住宅地なので建物の高さ制限があり、三階までしか建ててはいけないそうなのですが、丘の上にあるため、とても見晴らしがいいのです。ガラス張りで大理石がふんだんに使われており、オートロックから中に入ると、五つ星ホテル並みの豪華なロビーでコンシェルジュがスマートに対応してくれます。うちが住んでいる、狭い中古マンションなんかとは全然違う……いつ来ても、その豪華さにうっとりしてしまいます。

二部屋ごとにある専用エレベーターで三階まで行き、うちの一・五倍は大きいドアのベルを鳴らしました。

「ごめんなさいね。いきなりお呼びたてして。ご迷惑じゃなかった?」

麗香さんは私を招き入れながら、その綺麗な笑顔にすまなそうな色を浮かべました。

麗香さんが身につけた真っ白なニットのワンピースは部屋着なのでしょうが、家でくつろぐ姿も美しいと、改めて見とれてしまいます。

「まさか。誘っていただいて、嬉しかったの。本当に、ありがとう」

マンションとは思えない高い天井の、菜摘の部屋と同じくらいの広さの玄関です。靴箱に入りきらない靴が三和土《たたき》に溢れかえっているうちと違い、壁一面の鏡の裏がウォークインシューズクローゼットになっている麗香さんのお宅では、玄関にも上品な調度品が置かれ、飾られたアレンジメントフラワーで醸し出される優雅さに酔わずにいられません。ほのかに漂ういい香りに、私はほうっと息をつきました。

「今日もいい香り」

「ありがとう。良子さんがお悩みのようだから、少しでも気持ちが和らぐように、ラベンダーの香りを焚《た》いてみたの」

麗香さんはアロマテラピストの資格を持っているのです。思いやりの溢れる言葉が、胸に沁《し》みました。

素敵な麗香さんのおうちは、やはりその人を表しているのです。通されたリビングも塵《ちり》一つ無く、すっきりと片付いています。大きな白い革張りのソファ、七〇型はあるテレビ……それらが丁度いい大きさに見える広さに、いつも感激します。うちでは絶対手が出ないようなラグジュアリーな生活空間は、麗香さんにぴったりです。

私が心の底から憧れる、麗香さん。

「お好きなところにお掛けになって」

麗香さんに言われ、私はガラス張りのダイニングテーブルの方に腰かけました。ソファよりも、そちらの方が話しやすいからです。

「これ、鈴香ちゃんに」

こちらに来る前に急いで下北沢まで行って買ったロールケーキを麗香さんに渡し、早速本題に入りました。

「昨日のメッセージでも書いたけどね、もう主人が全然菜摘の受験に協力してくれないの。逆に邪魔する感じ？　勉強よりも、夕飯だ、お風呂だ、睡眠だって」

ため息交じりに話す私に、麗香さんがコーヒーミルをガリガリと回しながら、苦笑しました。

「そうなのよね、男親って。うちもそうよ」

挽《ひ》き終わったコーヒーの粉をフィルターに移し、口の細いケトルで丁寧にお湯を回し注ぎながら、麗香さんは続けます。

「でも、そういう時はもう、巻き込んじゃうのよ。得意なとこ任せてね。ほら、男の人って、頼られたり褒められたりしたら、その気になるじゃない？　うちは主人も中学受験してるから、算数とか任せてるの」

「本当？　いいなあ、羨ましい。うちの主人、分かるかなあ。算数って言っても、すごく難しいわよね、中学受験の問題だと。出来るかなあ」

「受験したことないと、どうかしら。うちの主人は、開成《かいせい》出身なの。義母が『あの子は算数で受かった』って言っていたくらい算数が出来たらしいから、もうお任せしますってしてるわ」

開成！　天下の、男子御三家の最高峰です。私は思わず声を上げました。

「開成⁉　すごーい！　どうりで、鈴香ちゃんも頭良い筈だわ！　本当に、羨ましいなあ。それなら、どんなに難しい問題でも教えてもらえるわよね」

私の言葉に、麗香さんはいつにも増して美しい笑みを浮かべました。

「そうなのよ。でも、なっちゃんの場合は、そんなに心配しなくても大丈夫じゃない？開成出身じゃないと解けない難しい問題は扱わないでしょ？　うちなんて、見て」

そう言って、麗香さんはリビングから出て行きました。ポタタ、ポタタ、と、良い香りと共にコーヒーの雫《しずく》がポットに落ちていきます。それを見ながら、やっぱり凄《すご》いな、小宮家は……などと思っていると、麗香さんが一枚の紙を持って戻ってきました。

「今、こんなのやってるのよ。鈴香のクラス。まだ五年生なのに、本物の入試問題解かされるの」

それを見て、あ、と思いました。テーブルの上に置かれた紙は、算数のプリント……昨晩菜摘が懸命に取り組んでいた、挑戦状と同じものだったのです。

再びコーヒーを淹れながら、麗香さんは話を続けました。

「鈴香でもさすがに難しいらしくてね。昨夜主人が帰ってから教えてもらってたんだけど、もう十一時過ぎたから、取りあえず途中まで解いて保留して。今日また二人で取りかかる予定」

麗香さんがニッコリと笑います。優秀な娘と夫を持った、自信に満ち溢れた笑みです。

私は、ふとその笑みに釣られました。

その自信の笑みは、私にも許されているのです。

優秀な娘、菜摘の母である、私にも。

こういうことは、初めてです。胸がドキドキしますが、ワクワクにも感じられます。

やっと私が、こんな私が、憧れの麗香さんと同じ場所に立てるなんて。私は麗香さんに見劣りしないように背筋を伸ばし、胸を開きました。

「そうよね。これ、ずいぶん難問みたいなのよね」

「え？」

「菜摘も、すごい時間かけてた。昨夜九時半までかかって半分くらい解いて、今朝六時に起きて続きやって、なんとか解けたみたい。そのせいで、主人ともめたんだけどねー。早く寝ろ、早く寝ろって、菜摘の邪魔ばかりするから」

私は笑いました。主人の愚痴で、ここは一緒に笑ってもらうところです。そうよねー、男親って、本当に理解がないわよねー、と。私は、笑いながら麗香さんの顔を見ました。

その顔には、表情がありませんでした。

綺麗で華やかな笑みが消え、それどころか、スウッと瞳の色が暗くなりました。

「……これ、Aクラスの宿題よ。なんで、なっちゃんが貰ってるの？」

「ああ」

言う？　言っちゃう？　ここまで話しちゃったんだから、もう言っちゃおうか。

全身がくすぐったくなるような興奮に包まれます。私はニヤニヤしそうになる頬を必死に抑えて言いました。

「挑戦状って言って、算数の先生からいただいたの。何でも、菜摘のこと算数の先生が随分買って下さってるみたいでね。室長先生からも、頑張ったらクラスアップもあるって。鈴香ちゃんと同じ学校を受けられるかもって言って貰えて、もう菜摘大喜びでね。やる気満々なのよ。これ、ご主人解いたんでしょ？　途中までの解答、ちょっと見せてもらっていい？」

テーブルに置かれたプリントに触れようと手を伸ばすと、麗香さんはさっとプリントを自分の方に引き寄せました。まるで、汚いものが触れそうになるのをよけるように。

思い掛けない行為に目を丸くすると、麗香さんは、

「コーヒー入れるから。汚すと鈴香に怒られちゃう」

そう言い、プリントを持って立ち上がりました。

その時、麗香さんの手が大きく震えたように見えました。

いつもと違う麗香さんの仕草に、今思い出しても、心がザワザワします。

私、何か悪いこと言ったかな？

戻ってきた麗香さんは、優しい物腰のいつもの麗香さんに戻っていたから、気のせい……よね？

失礼に当たるようなことは、何も思い当たらないし……。

きっと、きっと気のせいだ。

麗香さんを傷つけたり、嫌われたりするようなこと、していない筈だもの。

そうよね……？

三月十二日

決戦は金曜日。

昔の歌じゃないけど、まさにそんな感じで、私と菜摘は格闘しています。

何と?

漢字と。

「あれ、まだ起きてるの?」

主人の声に、私と菜摘はハッと顔を上げました。

毎週金曜日は主人の残業日で、帰宅時間は十一時を回るのです。慌てて壁の時計を見ると、いつもの金曜日よりは早いものの、既に十時半を回っていました。

「いけない、もうこんな時間」

「何してるんだよ。勉強は九時までって約束だろ? なっちゃん、お風呂は?」

「まだ」

「えー?」

「ちょっと、ちょっとだけ待って。あと漢字三問だけやったら、終わりだから」

主人のひそめた眉は、明らかに私を責めています。

確かに、これからお風呂に入ったら就寝時間は十一時を軽く過ぎるので、菜摘の睡眠時間確保に良くないのは分かっています。

でも、これも菜摘のため。

明日の土曜日は、菜摘が受ける初めての単元テストなのです。

今回のテスト範囲は菜摘も全部履修しているので、この結果で菜摘の実力が明らかになると言っても過言ではありません。

ちゃんと、菜摘に実力を発揮させてやりたい。そして塾の先生方の期待に応えたい。

一回のテストで一クラス上がるとして、最短でいけば、三回のテストで鈴香ちゃんと同じクラスに上がれます。少しでも早くAクラスに上がるには、一回のテストも落とせません。そのために、今日は学校から帰ってから今まで、テスト範囲である二週間分の復習をしていたのです。効率よく勉強を進めるために私もずっと付き添って手伝っていたので、夕食は、レトルトのカレーで済ませました。

私は睨んでくる主人の目を避け、漢字のドリルを見ながら言いました。

「なっちゃんは暗記物が弱いからね。漢字、しっかり覚えないと。なっちゃん、いい？　次、〈ガイトウに虫が集まる〉。ガイトウが漢字ね」

問題を出しますが、菜摘の鉛筆を持つ手は動きません。ガイトウ、ガイトウ……と呟きますが、その目は生気が無く、半分閉じかけています。無理もありません。いつもならとっくに寝ている時間です。思わず、もう寝ようかという言葉が口から出かけます。でもそこをグッと堪え、心を鬼にします。

「なっちゃん、寝ぼけないで」

「違う。今、思い出してるの」

「クイズじゃないんだから、時間掛けて考えてたら、テストだとあっという間に時間無くなるよ。こういう字。覚えるまで、何回も書いて」

ノートに〈街灯〉と書いて見せると、それを真似して、菜摘は何回も街灯、街灯と書き連ねていきます。そんな風に練習した字が何十個も書かれたノートのページは、一見真っ黒です。

「早く寝なさいよ。せっかく勉強しても、寝不足じゃテスト中眠くなって、何も考えられないよ」

「分かってる。あと二個だけだってば」

答える声が、思わずとげとげしくなります。主人はわざとらしいため息をつくと、着替えに寝室に行きました。

その時、私のスマホからメッセージの受信音が響きました。

「ママ、スマホ」

「うん。こんな時間に、誰かしら？」

ママ同士では、メッセージでも電話と同じように、十時以降は遠慮するのが暗黙のマナーになっているのです。不審に思いながら見ると、麗香さんからでした。

「なっちゃん、鈴香ちゃんママからだわ」

「何？」

急いで開いてみます。

『こんばんは。明日はいよいよなっちゃん初めての単元テストですね。公開模試と違って、範囲が狭い分掘り下げた難問も出ます。鈴香が、なっちゃんを心配しています。良かったら、それぞれのおうちでお昼を食べた後、テストまで図書館で勉強しませんか？　テストが二時半からなので、一時くらいに図書館で待ってると、鈴香が言っています。いかがかしら？』

一緒にメッセージを覗き込んでいた菜摘の目が、キラキラと輝きます。

「嬉しい！　鈴ちゃんが一緒だと、心強いよ！　いいでしょ、ママ？」

「うん、もちろん。良かったね、なっちゃん。じゃあ、行きますってお返事するね」

「うん！　ああ、なんかホッとしたあ。やっぱ、ちょっと緊張してたみたい」

「あんまり気を緩めないでねー。そうだ、鈴香ちゃんに漢字の覚え方とか教えてもらいなさいよ」

「そうだね、そうする！」

再び漢字に取り組む菜摘は、先ほどまでの眠さにまみれた顔からは打って変わり、採れたての野菜のようにフレッシュな表情になっていました。

その横顔を見つめながら、友達って本当にいいものだな、と、私は思いました。

どんな苦しいことだって、一緒にいたら乗り越えられる、真実の友達です。

私は自分の子供時代、そんな友達と巡り会うことが無かったので、鈴香ちゃんのような愛する友達を持った菜摘を、ほんの少し羨ましく思いました。

ああ、でも。

私には、麗香さんがいてくれる。

綺麗で優しくて、私達をとても大切に考えてくれる麗香さん。

やっぱり、この前の様子は気のせいだったんだ……私はそのことに、心の底からホッとしました。

今、はっきり分かったのです。麗香さんは、私にとって本当に掛け替えのない存在なのだということ。

菜摘が鈴香ちゃんの面影を感じると安心するように、私も麗香さんの存在に、この上ない安らぎを感じます。

親友を作るのに、遅いなんてことない。私は麗香さんからのメッセージを受信したスマホを胸に抱きしめて、しみじみと思いました。

子供の頃、友達に恵まれなかった惨めな自分に、教えてあげたい。

あなたは、大人になったら、幸せになれるよ、と。

大好きな友達に巡り会えて、本当に本当に幸せになれるよ、と。

三月十三日

なんだか、ひどく疲れて辛い一日でした。

こんな感じ、中学受験を始めてから初めてです。


今日は、運命の単元テストの日でした。


「じゃあ、気を付けてね。時間も、ちゃんと見るのよ。分かった?」

私はベランダから、道路に出て来た菜摘に向かい、大声で言いました。菜摘は「大声やめて、恥ずかしい」と手ぶりで示し、ポンと赤い傘をさすと、走り出しました。傘の下、菜摘の細い背中で、テスト勉強用の四教科全部のテキストが入ったリュックサックが、ユサユサと重そうに揺れています。

鈴香ちゃんとの待ち合わせの図書館は、才能館のある駅の方とは反対方向にあります。駅の近くにも図書館はあるのですが、そこは小さい子が集まれるよう、絵本の充実に力が注がれた結果、静かに勉強が出来るスペースが無いのです。勉強出来る図書館というと、駅から徒歩で三十分以上離れた団地の近くまで行かなくてはなりません。バスの便が無く、晴れていれば自転車で行かせるのですが、朝方からパラパラと降り出した雨のせいで、歩きを余儀なくされてしまったのです。ちゃんとテストに間に合うかしら、という心配がチラリと心を過《よ》ぎりましたが、大丈夫、と、思い直しました。

何と言っても、しっかり者の鈴香ちゃんが一緒なのですから。

だんだん強くなっていく雨の幕の向こうに菜摘の傘が見えなくなったので、ベランダから家の中に入りました。主人は残業続きの身体を休めに、マッサージに行っています。誰もいないリビングで、私はソファに腰かけ、ロウテーブルに置いた薄い冊子を手に取りました。

〈四葉学院中学校高等学校〉と書かれた表紙では、上品で清らかな雰囲気の女の子数人が、緑に囲まれたベンチで笑い合っています。

ホームページから取り寄せた、四葉学院のパンフレットです。

手元に届いてから、もう何回見直したでしょう。何ページに何の紹介が書かれているか暗記するほど繰り返し見たそれを、私はまた開きました。表紙を開く時は毎回、初めての時と同じようにワクワクします。

最初は、「四葉学院」の紹介ページです。四葉学院が修道女によって開かれた歴史、キリスト教に基づいた建学の精神、英語とフランス語を駆使したグローバル教育……高校までオール公立だった私には、全く未知の世界です。キリスト教の慈愛の精神のもと、沢山の素晴らしい先生とお友達と共に最高の教育を受け、六年間の青春時代を過ごす菜摘がどんな素敵な女性に成長するか、考えただけで胸が高まります。

それに、何といっても、この制服です。

冬は上下紺色、夏は上の身頃だけ白で袖口とカラー、スカートは紺色という、セーラー服です。中学はエンジ、高校は紺色のリボンで、左胸にはクローバーをモチーフにしたエンブレムが付いています。

そして校則のひとつ「肩より長い髪は、三ツ編みにする」。

今時珍しい程堅苦しい校則と思われるでしょう。

でもそれが、清楚さを際立たせるのです。

本当に、その上品な可愛らしさには、うっとりします。

菜摘がここに合格したら、これを着るのです。初めて着る時、リボンは私が結んであげましょう。フワリと柔らかく胸に落ちたリボンに、きれいに三ツ編みを結った菜摘が微笑むのです。きっと頬のえくぼは、星のように輝くでしょう。ああ……想像するだけで、胸がときめきます。いいえ、想像なんかで終わりません。二年後の春、さっきのようにベランダから見送る時、私はこの四葉のクローバーに手を振るのです。そして菜摘はこのスカートを翻して、伝統の名門校へと走って行くのです。

憧れの麗香さんの娘の、鈴香ちゃんと一緒に。

私も、麗香さんのような素敵なママになれるのです。想像しただけで、全身が温かい幸福感で満たされていきます。

私はパンフレットを胸にギュッと抱き、「頼むよ、なっちゃん」と独りごちました。全て、今日の菜摘のテストの結果に掛かっているのです。

あんなに勉強したんだから。なっちゃんの実力があれば、絶対成績もクラスもアップする筈なんだから。

鈴香ちゃんと、同じになれる筈なんだから。

頼むよ。頼むよ、なっちゃん。

着信音で、私はハッと目が覚めました。

点《つ》けっぱなしのテレビでは、盛んに出演者が笑っています。さっきまで観ていた番組とは、違う……いつの間にか、寝てしまっていたのでしょう。「いけない、いけない」と言いながら、スマホの置いてある電話台に向かいました。時計を見ると、もう二時を回っています。マッサージの終わった主人からの「何か買って帰る?」という御用聞きの電話でしょう。そう思ってスマホを手に取ると、発信者は菜摘でした。

「もしもし、なっちゃん?」

塾に着いて、忘れ物にでも気付いたのかしら。そう思いながら出ると、スマホから聞こえてくる菜摘の声は、ひどく強張っていました。

『ママ、鈴ちゃんが来ないんだけど』

「え?」

咄嗟《とっさ》には、菜摘の言っていることが分かりませんでした。もう一度壁の時計を見ると、二時五分です。

「鈴香ちゃんが来ないって、どういうこと?」

『来ないの。図書館で、ずっと待ってるんだけど』

菜摘の声が泣きそうになり、私はやっと事態が飲み込めました。

「待って。あなた、まだ図書館なの?」

『うん。だって、鈴ちゃんが待っててって言うから……』

「え?」

『鈴ちゃんが一時になっても来ないから、電話したの。そしたら、ちょっと遅れるから待っててって。だから待ってたんだけど、それでも来ないから、何度も電話したんだけど、やっぱり待っててって言われて……さっき電話したら、全然出ないの』

菜摘の話に、心臓が凍り付きそうになりました。

菜摘が、まだ図書館にいる。

二時半からテストなのに、才能館から三十分以上離れた、図書館に。

『どうしよう、ママ。あたし、どうしよう』

「どうしようって……とにかく、すぐ才能館に行きなさい！」

『でも、鈴ちゃんが来ないよ』

「鈴香ちゃんはいいから、すぐ才能館に行きなさい！　テストに間に合わないわよ！　今すぐ、走って!!」

『う……分かった』

ほとんど泣いていた菜摘の声が、プツッと切れました。私もスマホを切り、そのますぐに才能館に電話を入れました。

「すみません、五年Dクラスの飯野菜摘の母ですけど、娘がちょっとテストに遅刻しますので、よろしくお願いいたします」

分かりました、お気をつけて、という女性スタッフの声を聞いて通話を切ると、私はそのままソファに座り込みました。今までBGM代わりにしていたテレビが急に耳障りに感じられ、電源を切りました。静けさに包まれたリビングに、穏やかに規則的な雨音が忍び込んできます。その音に、私の胸のドクドクと硬い鼓動が重なります。不安で胸が押し潰されそうな感覚に、私は両手で顔を覆いました。

一体、どういうことなのでしょう。

苦しい息をしながら、私は考えました。

鈴香ちゃんが、来なかった。

どうして？　鈴香ちゃんの方から、誘ったのに。テストの勉強のために、一時に図書館ね、と言ったのは、鈴香ちゃんなのに。

忘れてた……？　違う。菜摘は、何度も電話したと言っていた。そしたら、鈴香ちゃんに待ってて、と言われたと言っていた。

待ってて、と、何度も。何度も。

苦しい息の中、鈍い刃物で抉られるような痛みが、胸を貫きます。頭の芯がぐらりと揺らぎ、私は吐きそうになりました。

わざと……？

暗い闇が、胸を覆っていきます。

わざとなの？　鈴香ちゃんは、わざと来なかったの？

自分で指定した時間に、指定した場所に、菜摘だけ行かせて。

なんのために？　菜摘は鈴香ちゃんと勉強出来るの、楽しみにしていたのに。テストより、鈴香ちゃんを待つ方を選んでいたのに。テストの時間がどんどん迫ってくるのに、鈴香ちゃんと約束したからとずっと待って、不安で泣きそうになっても、ずっとずっと待ち続けていたのに。

たったひとりで待ち続けていた菜摘の気持ちを考えると、私まで苦しくて切なくて、涙が出そうになります。きっと今頃、菜摘は懸命に才能館に向かって走っているでしょう。傘をさしていても降り込んでくる雨に濡《ぬ》れながら、泣きながら走っているかもしれません。

想像しただけで辛くてやり切れず、私は顔の前で両手を強く握りしめました。

その目の前に、麗香さんの顔が浮かびました。

麗香さんは、知ってるの……？

菜摘を誘ってくれたのは、麗香さんです。菜摘のためにと鈴香ちゃんが言っていると、麗香さんが連絡をくれたのです。

麗香さんは、鈴香ちゃんがしたことに、気付いているのでしょうか。

私は昨日麗香さんから貰ったメッセージを、もう一度開いて読み直しました。そこには、菜摘を想う友達の気持ちと、それを伝える麗香さんの善意しかありません。

私はそれを読んで、唇を嚙《か》みました。

麗香さんが、このことを知っている筈がない。

もし知っていたら、鈴香ちゃんを叱りつけて、すぐに図書館に向かわせる筈です。

麗香さんは、そういう人です。

このことを、麗香さんに伝えようか。

SNSのアプリを開きます。でも、しばらく見つめて、私はホーム画面に戻しました。

きっと、鈴香ちゃんがしたことを伝えたら、麗香さんは鈴香ちゃんではなく、自分自身を責めるに違いありません。私が菜摘の悲しみを同じように辛く、苦しく感じてしまうように、麗香さんも鈴香ちゃんがした行為に対しての罪悪感を、きっと鈴香ちゃん以上に感じてしまうでしょう。

言わないでおこう。

私は思いました。きっと鈴香ちゃんも、何か事情があった筈……そうに、決まっています。

そうです。だって鈴香ちゃんは、いつだって菜摘のことを心配して、力になってくれた友達なのですから。鈴香ちゃんの行為を悪く取るのは、私が鈴香ちゃんを信用していないということです。

それは、違う。

私は鈴香ちゃんを、麗香さんを、信じている。何よりも、誰よりも。

私は黒い気持ちを追い出すように、大きく息を吐きました。今考えるべきことは、菜摘がテストに間に合うこと。いえ、開始までに到着するのはムリでしょう。少しでも遅れが少なくて済むように。そして遅刻に動揺することなく、勉強してきた全てを発揮出来ること。それだけです。

頑張れ、なっちゃん。

気持ちが落ち着くと、頭が動き出しました。

そうだ、自転車で菜摘をつかまえよう。あの子は細いから、まだチャイルドシートに納まります。二人乗りで全速力で行けば、きっと間に合う筈！　雨になんて負けるもんか。菜摘が頑張っているんだ、母の私が頑張らないでどうする！

雨合羽を出すためにクローゼットを開けたその時、いきなり着信音が鳴り響きました。びっくりして見ると、今度は主人からです。

「もしもし」

驚いてバクバクする心臓を抑えながら出ます。車の中らしいラジオの音に紛れて、のん気な主人の声が聞こえて来ます。

『もしもーし。今から帰るけど、何か買って帰るもの、ある？』

なんというグッドタイミング！

「特に無いけど、今、どこ⁉」

『今、才能館。なっちゃん、降ろしたから』

「え？」

『ちょうど車で赤堤《あかつつみ》通り通ってたら、なっちゃんがずぶ濡れになってべそかきながら走ってたから。どうしたの？　テスト二時半なのに、遅刻するところだったじゃない。もう少し余裕持って行かせなさいよ』

いつもの主人のお説教が、今日は神様からの福音のようです。時計を見ると、二時二十五分……菜摘は、テストに間に合ったのです。

私は全身の力が抜けました。

『じゃあ、買うもの特に無いんだね。じゃ、すぐ帰るから』

「うん。ありがとね、パパ。ホントに、ホントにありがとう！」

電話を切り、私は神様に祈りを捧《ささ》げるようにスマホを両手で包み、頭の上に掲げました。全身に温かい安堵《あんど》が満ちてきます。

菜摘がテストに間に合ったことで、やっと心に広がっていた暗いモヤモヤをすっきりと消し去ることが出来ました。

ああ、本当に疲れた……。

三月十五日

月曜日。土曜日の単元テストの結果が出る、月曜日です。

私は朝からソワソワして落ち着きません。

「やれるだけは、やったよ」

土曜日、テストから帰った菜摘は、落ち着いた声でそう言いました。それがどのような結果に繋《つな》がるかは、今日の才能館のホームページで確認するしかありません。

あの日、帰宅した菜摘は、鈴香ちゃんのことは口にしませんでした。テストに間に合って良かった。それ以外はもう余計なこと。むしろ今はもうやるべきことをやった結果の方が大事。

菜摘も私も、抱いているのはおそらくそんな同じ気持ちなのだと思います。

あたしが帰るまで結果は見ないでね、と、今朝学校に行く前に、菜摘に言われています。私はパソコンを開きたい衝動を抑えながら掃除洗濯をし、スーパーで買って来たお惣菜《そうざい》でお昼を済ませ、全く頭に入って来ないワイドショーに目をやりながら、菜摘の帰宅を待ちました。

そして三時四十分を少し過ぎた頃、インターフォンが鳴りました。急いで画面を見ると、ソワソワと落ち着きなく身体を揺らしている菜摘が、カメラに映っています。

「おかえり」

オートロックを解除すると同時に、走り込む菜摘が見えました。落ち着いて見せながらも、やはり結果が気になるのでしょう。菜摘は玄関に駆け込むやいなや、パソコンの前に座り込みました。

「どう？」

いつもなら、菜摘が帰宅したら真っ先に出る「手を洗いなさい」をすっかり忘れて、私もパソコンを覗き込みます。菜摘は手慣れた様子でウィンドウを開いていき、才能館のホームページからタスクバーをクリックし、自分の成績を開きました。

「やった!!」

菜摘は両手を高々と天に向かって突き上げました。

そこに書かれていたのは、偏差値六五、全国順位三百八十六位。

その数字に、頭が真っ白になりました。

私の身体に、菜摘が両手を回して抱き付いてきました。

「ママ、やった！　成績、上がった!!」

「そう……そうだね、なっちゃん……すごく、すごく上がった……すごい、すごいじゃない、なっちゃん！　すごいじゃないの！」

身体が震えてきます。

たった、たった二週間で、菜摘はどん底の成績から、ここまで伸ばしたのです。大喜びする菜摘の顔を見つめて、私は改めて子供の潜在能力というものの凄《すさ》まじさを感じました。

本気を出したら、この子は一体どこまで伸びるのだろう。この子の中では、今まで眠っていた本来の力が、うねりながら燃え盛るマグマのように、噴き出しつつあるのです。

私は抱き付いてきた菜摘の身体を、ギュッと強く抱きしめました。

その時、家の電話が鳴りました。

『もしもし、才能館の尾崎です』

耳に飛び込んで来たのは、室長先生の嬉しそうな声でした。

『ホームページに成績がアップされましたが、ご覧になりましたか？　菜摘くん、頑張りましたね』

「はい、拝見しました。本当に、こんなに成績が上がるなんて思っていなくて、二人でびっくりして……先生方のご指導のお陰です。ありがとうございます」

電話機に向かってペコペコと頭を下げる私を見ているかのように、室長先生は宥《なだ》めるような穏やかな声で言いました。

『いやいや、菜摘くんの実力ですよ。これから、もっと伸ばしていけるように、こちらからも仕掛けていきます。その点は、おまかせください。つきましては、菜摘くんのクラスをですね、アップさせたいと思っております』

やりました。第一目標、突破出来そうです。

私の隣では、室長先生の受話器越しの言葉に、菜摘がぴったりとくっついて聞き耳を立てています。やったね、と、私は菜摘に向けて笑顔で親指を立てました。テスト毎にクラスを一つずつ上げ、最終的に鈴香ちゃんのいるAクラスに入るのが目標です。一つ階段を上がれることに、菜摘もニコニコしています。

『菜摘くんには、Aクラスに入ってもらいます。お忙しいところ恐縮ですが、明日、菜摘くんが授業に来る時、お母さんもいらしていただけますか？』

「は？」

クラスがよく聞こえませんでした。

Cではなかったみたいです。では、どこに……。

事情がよく摑めず戸惑って無言になったのを、室長先生は私が気分を害したと誤解したようです。ひどく恐縮した声色で、言葉を継ぎました。

『すみません、急な話で。でも早速明日からクラスを替えますので。テキストも変わりますし、副教材も増えますから、明日の授業で使わない分は、お母さんにお持ち帰りいただきたくて。結構、重いんですよ。やっぱりAクラスは、学ぶ量がグッと増えますから』

Aクラス。

私は、全身が熱くなるのを感じました。

ギュッと私の袖を握ってくる菜摘は、目を見開いて震えています。

人は熱望していた場所に辿《たど》り着いた時、喜びよりも先《ま》ずその事実を簡単に信じられないのでしょう。一気に全身を駆け巡ろうとする嬉しさを、嘘でしょ、という気持ちが押しとどめます。

「……先生、Cクラスじゃないですか？　菜摘、Dクラスだったんですよ、今まで」

声が上ずり、掠《かす》れます。すると電話越しに、先生の笑い声が聞こえました。

『お母さん。順番を守るのは、手を洗う時だけですよ。成績に関しては、横入りも必要です。菜摘くんを伸ばすのに必要なのは、Aクラスでの学びです。そのためのクラップですよ』

「ママ、鈴ちゃんと一緒⁉」

先生の言葉の終わりの方は、菜摘の叫びに近い喜びの声にかき消されました。

「鈴ちゃんと一緒！　やった、やった！　鈴ちゃんと、一緒のクラスになれた‼」

ピョンピョンとリビング中を飛び跳ねます。菜摘の声が聞こえたのでしょう、室長先生も朗らかに『良かったですね』と言って下さいました。

菜摘が、鈴香ちゃんと同じクラスになる。

これは、菜摘にとってだけでなく、私にとってもとても大きな出来事です。

これでやっと、麗香さんと対等になれます。

菜摘と鈴香ちゃんのように、私と麗香さんも、本当の親友になれるのです。

菜摘のクラスアップは、爆発的な喜びです。でも麗香さんとの関係が一層近しくなれるということは、ジワリと胸に沁みて来ました。そしてそれはどんどん広がり、心に一杯になり……。

『では、お待ちしております』

そう言って室長先生が電話を切った音で我に返り、私は自分の目元が濡れていることに気付きました。

「ママ、Aクラスなら、お弁当いるよね？」

「あ、そうね。先生に訊くの忘れちゃった。とにかく、忙しくなるね」

ルンルンと机に向かう菜摘に気付かれないように、私は背中を向け涙を拭きました。

嬉しい。心の底から。ズシンと来る幸福感をしっかり嚙みしめながら、私はキッチンに入り、菜摘のおやつの準備にかかりました。甘い物が頭にいいと聞いて、必ずチョコレート菓子を用意しています。頭を使うとお腹が空くので、腹持ちの良いふかしイモと、おせんべいもお皿に載せ、ミルクをたっぷり入れたココアも添えます。

準備が済んだら、麗香さんに連絡しよう。

伝えたいこと、そして訊きたいことが、沢山あります。Aクラスでの勉強の回し方、お弁当のこと、テスト対策……またメッセージが長くなっちゃう、困っちゃうな。

そう思いながらも、湧き上がってくる喜びと胸の高鳴りは、止まりません。

ああ、麗香さん。

早く、会いたい。

早く会って、お話ししたい……！

三月十六日

いよいよ、菜摘のAクラスデビューの日です！

才能館には、塾の始業の三十分前に着きました。

BクラスからDクラスの教室はほぼガラガラでしたが、Aクラスではすでに子供達が自分の席に着き、各々《おのおの》自習しているようです。

さすが、トップクラス。その一番前の真ん中の席に、鈴香ちゃんの姿が見えました。才能館では席順は成績順、トップの子が一番前の真ん中に座るのです。つまり、鈴香ちゃんが今回のテストではトップだったということです。

やっぱり、すごいわ……憧れを持って眺めていると、

「鈴ちゃん、いた」

ワクワクと菜摘が言います。

そこに、室長先生が倉庫から現れました。

「飯野さん、ご足労ありがとうございます」

その手には、A4サイズの本が十冊くらい入る段ボール箱が抱えられています。私と菜摘が挨拶をすると、室長先生は笑顔で菜摘の頭をポンポンと撫でました。

「いよいよ、本当の力を出して来たな。君はまだまだ伸びる。期待してるよ。頑張ろうな」

今まで先生から褒められた経験など殆どなかった菜摘は、室長先生の手放しの褒め言葉にすっかり緊張して、身体を強張らせています。それでも紅潮した頬で、小さく頷きました。

室長先生から今日使う分のテキストを菜摘が受け取り、残りの持って帰る分を私が受け取りました。授業で使うテキスト、宿題のドリルテキスト、資料集、強化テキスト、難問テキスト、全て四教科分ずつです。Dクラスで使うテキストの倍以上はあるでしょうか。なるほど、大人の手が無いと持ち帰るのはかなり難しい分量です。親が呼ばれた理由が分かりました。これらが、菜摘を今以上に伸ばしてくれるのです。頼むよ、と、私は心の中で大量のテキストに祈りました。

授業が始まる時間が近づき、他のクラスの子供達も来はじめました。

その中に、Dクラスで一緒だったマキちゃんとエリちゃんもいます。

「あれ、なっちゃん早いね。どうしたの?」

不思議そうに尋ねる二人に、菜摘は答えあぐねています。目立つのが苦手な上、場の空気を読む子です。いきなり一番上にクラスアップを成し遂げたことなど、話すのは気が引けるのでしょう。代わりに私が口を挟みました。

「あのね、なっちゃん今日から、クラス替わるの。今まで仲良くしてくれて、ありがとね」

これからも仲良くしてね、とは言いませんでした。これからは、切磋琢磨《せっさたくま》出来るAクラスの子としか、仲良くして欲しくありません。

そこに、鈴香ちゃんがAクラスから出て来ました。菜摘が飛びつくように、「鈴ちゃん！」と声を掛けます。私も小さく手を振りました。

「なっちゃん」と、笑顔で駆け寄って来てくれる……いつもだったら。

しかし鈴香ちゃんは、こちらを向きこそしましたが、菜摘を見ることなく、私を一瞥《いちべつ》して、軽い会釈をしただけでした。

あれ、と思いました。

才能館に来る前に、麗香さんにメッセージを送ったのです。

菜摘がAクラスに上がったこと、鈴香ちゃんと同じクラスになれて、菜摘も私も喜んでいること、そんな色々なことを書いて。

きっと鈴香ちゃんも、麗香さんから聞いている筈。菜摘と同じように、喜んでくれている筈。そう、思っていたのですが……。

「鈴香くん。菜摘くん、今日から同じクラスになったよ。友達が良いライバルになったな！　お互い切磋琢磨して、四葉目指せ！　頑張れよ！」

室長先生の言葉に、マキちゃんとエリちゃんが、

「えーっ！　なっちゃん、いきなりAに上がったの⁉」

「神じゃん！」

周りにいた子達もマキちゃん達の言葉に驚き、大騒ぎになりました。

菜摘は自分が騒ぎの中心になったことで、いっきに顔を紅潮させると、私の陰に隠れました。そんな菜摘を、一層周囲の子供たちは騒ぎ立てます。

ただ一人、鈴香ちゃんだけは、微塵《みじん》も乗じることなく、冷ややかに静まり返った表情のまま、トイレに入って行きました。

「鈴ちゃん……」

明らかに、避けられた。菜摘の目は、枯れていく花のように輝きを失っていきます。

「急いでるんだよ、トイレに行きたくて。もうすぐ授業、始まるんでしょ？」

しょんぼりと小さく頷く菜摘の肩を叩いて、私は明るく言いました。

「さ、なっちゃんも早く教室に入りなさい。勉強、頑張ってね！」

「席順は壁に貼ってあるから。菜摘くんは、クラスで五位、前から二番目の席だ。うちの校舎はレベルが高いからな。越えるべき壁は何人もいるぞ！　頑張って、一番前に行こうな！」

室長先生の言葉に気持ちの入らない頷きを見せ、菜摘はAクラスの教室に入って行きました。ここに来るまでは羽のように軽かった足取りが、まるで足かせでも嵌《は》められたかのように、ズルズルと重くなっています。

……大丈夫、なっちゃん……？

「気にすること、ありません」

菜摘の後ろ姿を見守っていた私に、室長先生が落ち着いた声で言いました。

「親しかった分、鈴香くんは菜摘くんの急成長に驚いただけです。友達がライバルになったことで、接し方が分からなくなったんでしょう。女の子の友達同士では、よくあることです。大丈夫、鈴香くんも頭の良いお子さんです。すぐに今度はライバルとして、仲良く出来ますよ」

今まで沢山の子供、中学受験という特殊な世界に身を置く子供達を見て来た室長先生の言うことです。きっと、そういうことなのでしょう。私は頷き、「よろしくお願いします」と先生に頭を下げると、用意してきたエコバッグにテキストを詰め込んで、才能館を後にしました。

駐輪場には、どんどん子供たちが集まり、自転車を置いて入って行きます。増えていく子供用の自転車を才能館の警備員さんが慣れた手つきで整列させていて、いつの間にか私の自転車は、一番隅に寄せられていました。

指が引きちぎれるかと思うほど重いテキスト入りのエコバッグを自転車の前かごに入れ、ハンドルを握ります。その時、ふと思い立って、スマホを取り出しました。電源を入れますが、着信はありません。

麗香さんからの返事が、ありません。

いきなり友達がライバルになった子供は、接し方が分からなくなると、室長先生は言っていました。

では、大人は？

親は、どうなのでしょう。

麗香さんは、いつも菜摘のことを考えてくれていた。悪い時は心配して、良い時は私と同じくらい、喜んでくれた。だからきっと、いえ、当然のように、菜摘がAクラスに上がったことも、手を叩いて喜んでくれると思っていました。

「なっちゃん、やったね！」

「鈴香と同じクラス、頑張ろうね！」

と、すぐに返事をくれる、いや、それももどかしく、電話をくれるのではないかと、思っていました。電話口から聞こえるAクラスの色々なこと。家庭学習のことだとか、先生の評判だとか、そんなことを教えてくれる麗香さんの綺麗な、そして熱のこもった声が、耳に響いて来るようです。

でも。

スマホは、まるで街中に溢れている全ての電波を遮断しているかのように、シンとしています。

心の中に、不安がじわじわと大きくなっていきます。

どうして？

スマホの画面には、何も映りません。

どうして、どうして？　麗香さん、どうして……？

土曜日。

テストの日。

来ない鈴香ちゃん。

「待ってて」って、言われたんだけど、来ないの。菜摘の、泣きそうな声。熱で浮かび上がるミカンの汁で書いた文字のように、私の頭の中に、だんだんはっきりと、一つのことが見えてきました。

土曜日のテスト……遅刻は、必至だった。

主人がたまたま車で通りかからなかったら、菜摘はテストに間に合わなかった。途中から受けられたとしても、遅刻した分時間が足りない。それだけじゃない。遅刻したことによる動揺で、何も書けなくなってしまっていたかもしれない。

来なかった。

鈴香ちゃんから言い出した約束に、鈴香ちゃんが、来なかった。

菜摘にテストを受けさせないようにするために、来なかった……？

「大丈夫ですか？　自転車、出せませんか？」

のめり込むように考えていると、不意に声を掛けられ、ハッと我に返りました。ひどく厳しい表情をしていたのでしょうか、自転車の整理をしていた警備員さんが、心配そうに見ています。

「子供たちの自転車、そちらに寄せ過ぎましたかね。すみません。自転車出すの、手伝いましょうか？」

「いえ……いえ、大丈夫です。すみません、ご苦労様です」

慌ててそう言うと、私は自転車のスタンドを蹴り上げて乗りました。前かごに載せたテキストの重さでふらつきましたが、これ以上警備員さんに心配されたくなくて、力を込めて漕《こ》ぎだします。

理由が、ない。

ペダルを踏み込んだ時、ふとそう思いました。

なんで、鈴香ちゃんが菜摘を遅刻させる必要があるの？

その理由は？

そんなことする理由なんて、何にもないじゃない。

私ったら、何を考えているの。

グングンとペダルを漕いでいきます。暗い考えは風景と一緒に後ろに流れて行き、顔に当たる冷たい風に吹き飛ばされていくようです。

あの時、まだ菜摘がＡクラスに上がれるなど、全く予想していなかった。鈴香ちゃんも麗香さんも、いいえ、私達だって、菜摘がＡクラスに上がれるなんて、夢にも思っていなかった。

まだ菜摘は、鈴香ちゃんにとってライバルでもなんでもなかった。関係がギクシャクするようなことなど、一つもなかった。

そこまで考えたら、私の中の思いは、はっきりとした確信になりました。

わざとなんかじゃない、土曜日のことは。

きっと、止《や》むにやまれぬ何かが、あっただけなのです。

鈴香ちゃんだって、大人のようにしっかりしているけど、まだ小四の子供なのです。自分の波立った感情をすぐに落ち着かせることなんて、出来る筈ない。時間が必要な筈です。きっと時間が経てば、鈴香ちゃんも、今度はライバルでもある友人として、菜摘と仲良くしてくれる筈です。私のメッセージに麗香さんが返事をくれないのも、まだ読んでいないだけ。きっと、読んだら喜んで連絡をくれます。

そうに、決まっています。

だって私達は、友達なのですから。

私はペダルを踏み込む足に力を入れました。重いテキストでぐらつくハンドルを安定させ、風を切って進みます。このまま、スーパーに寄って買い物をしようと思いました。今日は菜摘がAクラスに上がったお祝いをしなくてはなりません。急に決まったクラス替えで昨日は間に合わなかったので、今日ごちそうを作るのです。そのために、本当はお弁当が必要なところなのですが、おにぎりしか持たせませんでした。きっとお腹を空かせて帰ってくるでしょう。

菜摘の大好きなグラタンと、シーフードサラダを作ってあげよう。

夕暮れ時の街灯が灯《とも》り出した賑やかな商店街を、私は自転車で突っ切って行きました。

ひょっとしたら、麗香さんは今頃メッセージを読んでいるかもしれない。

その返事を打っているかもしれない。

私は、何て返事を書こうかな。

三月十七日

今日は、書きたくない。

どうして、こんなことに……。

辛い……苦しい……。

いや。

こんな時だからこそ、書かなくては。

我が家ではリビングの電話台に充電器を置き、主人と私のスマホ、菜摘のキッズ携帯を並べています。

そのうちの一つが、鳴り出しました。

「あっ」

キッチンで朝食の仕度をしていた私がリビングに飛び出すと、ネクタイを締めながら主人が自分のスマホを取りました。

「もしもし」

主人がスマホを耳に当てながら洗面所に向かいました。どうやら会社の人から、今日は休むという連絡を受けているようです。

何だ……がっかりした気持ちを抱えながら、私はキッチンに戻りました。

結局、あれからずっと麗香さんからの連絡はありません。

電話に気を取られて少し離れていた間に、火にかけていた目玉焼きが焦げてしまいました。私は身体中に充満した不快な空気を抜くように大きなため息をついて、黒くて焦げ臭い匂いのする目玉焼きを生ごみ入れに捨てました。新しいのを作り直そうと冷蔵庫を開けましたが、卵入れは空っぽです。

「……あー、もう」

感情をぶつけるように冷蔵庫の扉を強く閉めます。リビングに戻って来た主人が、その音に驚きました。

「どうしたの？」

「別に。目玉焼き、焦げちゃった。卵切らしてるから。無いから」

言いようのない不機嫌は、つい主人に向けられてしまいます。仏頂面の私に、主人は何とも思っていないように軽く「いいよ」と言いました。そしてリビングの隅に置かれた勉強机に向かう菜摘に、

「なあ、なっちゃん。チーズとかでも、いいよね？」

主人の声に、菜摘はぼんやりと頷きます。毎朝、塾の宿題である計算と漢字をやることになっているのですが、机に向かった菜摘はじっと椅子の上で膝を抱え込み、鉛筆を持つこともしていません。Aクラスに上がった昨日から、ずっとです。

結局鈴香ちゃんは、一言も菜摘と口をきいてくれなかったそうなのです。話しかけても振り向きもせず、まるで菜摘なんて存在しないかのような素振《そぶ》りだったそうです。

「なんでなのかな、ママ。鈴ちゃん、あたしのこと、急に嫌になっちゃったのかな」

塾ではずっと我慢していたのでしょう。塾から帰った菜摘は、私の顔を見た途端、泣き出しました。その涙に胸が押し潰されそうになります。でも不安定な子供を前に、親が揺らぐ訳にはいきません。私は菜摘に、室長先生から聞いた話をしました。

「だから、今だけみたいよ。鈴香ちゃんの中で整理がついたら、また仲良くなれるって。二人で四葉に行こうって、一緒に頑張れるようになるよ、きっと」

私の言葉に、泣きながら菜摘は頷きました。それでも涙は止まりません。

「大丈夫、大丈夫よ」

私は菜摘の頭を何度も撫で、強く抱きしめました。

お願い。鈴香ちゃん、早く元に戻って。

つい数日前まで凄まじい集中力で勉強にのめり込み、一気に塾のヒエラルキーを駆け上がったのに。まるで別人のように無気力になり、全く勉強が手につかなくなってしまった菜摘を見て、心の底からそう思いました。

そして、麗香さん。

早く、連絡をください。

菜摘だけじゃない。私も、不安で不安で、頭がおかしくなりそうです。

麗香さんから連絡が来たらいつでもすぐに出られるように、常にスマホを持ち歩くようになりました。買い物やゴミ出しはもちろん、家の中の掃除や洗濯をする時もです。

その時も、私は掃除機をかけていました。安さに惹《ひ》かれて買った型落ちの掃除機は、飛行機の轟音《ごうおん》のような音を立てながらゴミを吸い込んでいきます。麗香さんへの不安をかき消そうと掃除機を動かすことに集中していたため、ジーンズのポケットでスマホが鳴っていることに、最初は気が付きませんでした。ふと立ち止まった時にバイブレーションを感じ、急いで掃除機を止めました。吸い込まれていくように静まる掃除機の音と引き換えに、スマホの着信音が響き渡ります。

麗香さん……？

慌ててスマホを見ると、画面に映っているのは、03から始まる固定電話の番号です。お友達関係は、みんな携帯番号しか登録していないので、誰からか分かりません。でも、きっと麗香さんからだと、私は思いました。ごめんなさいね、ご連絡遅くなって。早く連絡したかったんだけど、やっと今都合がついて。なっちゃん、クラスアップおめでとう。脳内で聞こえる麗香さんの言葉にずっと緊張していた心が緩やかにほどけていくのを感じながら、私は電話に出ました。

「はい、もしもし？」

『もしもし、厚木《あつぎ》です』

耳に入って来たちょっと焦った声は、マキちゃんのママでした。

麗香さんからじゃなかった……私は心の底からがっかりしました。幸い電話だったので、そんな私の様子はマキちゃんママには悟られなかったようです。私がこんにちはというと、マキちゃんママは『ごめんね、ちょっと遅れそうなの』と、いかにも慌てている様子で言いました。

「遅れる？」

何の話でしょう。私は掃除機を床に置き、ソファに腰かけて尋ねました。切羽詰まったマキちゃんママと正反対ののん気な私の問いに、不思議に思ったのでしょう。マキちゃんママは、低い声で訝《いぶか》しむように言いました。

『飯野さん、今どこ？』

「今？　家だけど。掃除してる」

そう言うと、スマホ越しに、マキちゃんママが息を呑むのが分かりました。

『えっ……やだ、ごめんなさい。てっきり飯野さんも、小宮さんからランチに誘われてると思ってたの。二人、仲が良いから』

ランチ……麗香さんに、誘われて？

マキちゃんママの言葉は、衝撃でした。

胸が強く押し潰されたように痛み、呼吸が止まります。

これは、一体どういうことでしょう。

私は、麗香さんにメッセージを送った。返事を待って、待って待って待って、おかしくなりそうになるほど待っている間に。

麗香さんは、他の人達をランチに誘っていた。

私はここで初めて、自分の今立たされている場所に、気付かされました。

無視されていた。

私も。

麗香さんから。

電話でも、私の暗い空気が伝わったのでしょう。マキちゃんママは慌てて言いました。

『あ……そう、そうだ。小宮さん、私達に声かけてくれたの、才能館での勉強の仕方教えてくれるって……だから、下のクラスのお母さんにしか声かけてないのよ、きっと。ほら、なっちゃん、飛び級したんでしょ？　いきなりAクラスって、マキから聞いたわよ。すごいじゃない。なっちゃんがすごいから、もう小宮さんとしては、飯野さんに話すアドバイスなんて無いのよ。そうだ、飯野さんも来ない？　元からすごい鈴香ちゃんの話も良いけど、なっちゃんがどうやって下剋上《げこくじょう》したか、聞きたいわ～』

マキちゃんママの声の後ろから、「サチコさん、行きましょう」という、おばあちゃんと思われる声が聞こえました。マキちゃんママはとても慌てた様子で、

『ごめんね、おばあちゃんを急に病院に連れて行かなきゃならなくなって、それで遅れるの。ランチの場所は駅ビルのリータンカフェで、十一時半。小宮さんとエリちゃんママが一緒なの。二人には遅れるって伝えたくて電話したんだけど出なくって。LINEもしたんだけど、既読が付かないから、読んでるか分からないのよ。もし飯野

さんが行けたら、伝えてくれる？　多分三十分くらいで済んで、すぐ駆けつけるから！　よろしくね！』

早口でまくし立てるように言うと、マキちゃんママはプツッと電話を切りました。

静かになったスマホの黒い画面を、私は見つめました。その画面は、私の心そっくりでした。

麗香さんは、私を無視している。

まさか、と、私は思いました。まさか、そんな筈ない。麗香さんに限って、そんなこと。

いつも会っていたから、誘ったつもりでいたのよ。きっと、これから連絡をくれる。だって私と麗香さん、友達だもの。

私はスマホをテーブルに置きました。

カタン、という音が、夢の世界にいたい私を、現実に引きずり出します。

その「これから」は、本当に来るのでしょうか？

私が必死になって守ろうとしている、信じようとしている麗香さんとの友情は、本当にあるのでしょうか？

私は、頭を抱えました。

あります。私達の、友情は。

絶対、絶対あります。

どこに？

ここに。私の、中に。

髪をかき乱しながら唱えるように思い続けても、虚《うつ》ろな空間には何も形作られません。何も、描かれません。いくら目を凝らしても、全然何も見えないのです。

一番大事な、麗香さんの気持ちが。

抱え込んでいた手を外し、私は頭を上げました。

ソファから立ち上がると、目の前が暗くなり、グラリと身体が傾きます。それでもなんとか体勢を整えて、私はクローゼットに向かいました。特に選ぶことなく、一番取りやすい所に掛かっていたワンピースに着替えます。それから化粧台に向かい、ファンデーションを手に取りました。鏡には、真っ白で目の下が黒い、幽霊のような顔が映っています。今まで見たこともないくらいひどい顔でしたが、驚きませんでした。

ファンデーションを顔に伸ばす手が震えます。

私は、何をしようとしているのか。主催の麗香さんに呼ばれてもいないのに、ノコノコと出掛けるなんて、どれほど非常識な人間と思われることか。招待されていない集まりには、どんなに仲が良い人が参加していても、遠慮するのがママ達の間ではマナーです。

分かっています。ママ同士でのご法度は、何よりも最優先に考える癖がついていま す。

もう、嫌われたくない。

特に、麗香さんには。

でも、もう限界でした。

リータンカフェは、駅ビルの中庭に面したオープンカフェです。中庭と言っても、最上階にあるレストランフロアの広場に沢山のグリーンを置いただけのものなのですが、天井がガラス張りのためよく日が入り開放感があるので、人気のスポットなのです。広くてベビーカーでも入りやすいので、ママランチでもよく使われます。私も麗香さんと、子供が赤ちゃんの頃から何度となく、ここでランチしました。ここに、こんなに強張った気持ちで訪れる時が来るとは、夢にも思わずに。

エレベーターから降りると、リータンカフェを囲むグリーンが見えました。小さく絞られたBGMに乗って、ランチをしているお客さん達の楽しそうな笑い声が聞こえて来ます。私はリータンカフェに近づきながら、麗香さんの声を探しました。麗香さんは、一番端のオリーブの木の近くがお気に入りの席なのです。オリーブの木に近づくにつれて、心臓が早鐘のように鳴り響きます。

早く聞きたい。でも怖い。でも……聞きたい。麗香さんの声。少し低く、優しくて綺麗な、麗香さんの声……。

「……だから、宿題よりも単元テストの復習を優先した方が、絶対いいのよ」

オリーブの葉陰から聞こえた声に、私の身体は硬直しました。

「単元テストは、つまりどれだけその単元が理解できているかをチェックするものだから、出来てなかった所は身についていなかったということでしょ？　だからそこを徹底的にやり直して、定着させればいいの。それがしっかり出来たかどうかを見るのが、公開模試の役割よ」

麗香さん。

私は胸が熱くなるのを感じました。

胸が焦がれるほど会いたかった麗香さんが、今ここにいるのです。

今も、私に話しかけてくれているように思ってしまいます。いつも麗香さんは、私にこんなふうに話してくれていたのです。何も知らない私に、いつでも優しく色んなことを教えてくれました。

「そうかー。ダメだわ、うち。エリは出来なかった問題、ぜったいやりたがらないもん。あまりに出来ていない量が多すぎるっていうのもあるしねー」

麗香さんの言葉に、エリちゃんママがため息交じりに笑います。笑いでごまかしたところを、麗香さんは真摯に掬《すく》い取ります。

「一回ママが隣について、しっかりやらせてみたら？　それで公開模試で成績が上がったら、エリちゃんも絶対モチベーションが上がるわよ。大事よ、成功体験」

「成功体験ねえ……成功と言えば、なっちゃん。飯野さんのところの」

菜摘の名前が出て、思わずどきりとしました。

しかしエリちゃんママは、私が木陰で立ち聞きしていることなど知りません。そのまま屈託なく、話を続けます。

「凄いわよねえ。Dクラスから、いきなりAクラスでしょ？　飯野さん、ついこの間まで受験しない派だったのにねえ。学校じゃ、正直全然パッとしないじゃない？　どんな勉強したんだろ。ねえ？」

エリちゃんママの言葉に、麗香さんの声は先程までの生き生きとした熱い勢いを失いました。

「ああ。飯野さんにも、私色々教えて差し上げたの。あの方、何もご存じなかったから。鈴香も、ずいぶんなっちゃんに勉強を教えてあげたのよ。自分の勉強だってあって忙しい中、成績の悪いなっちゃんが可哀そうだって」

その通りです。麗香さんの、言う通り。でも、何故でしょう。麗香さんの言葉の端々に、チクチクと棘《とげ》を感じるのは。

「そうだったんだ」と、エリちゃんママは麗香さんの言葉をストンと受け入れました。

「そうか、そうよね。鈴香ちゃんとなっちゃん、赤ちゃんの頃からの友達なんでしょ？　すごい仲が良いって、エリも言ってた。だから志望校も一緒なんでしょ？」

「え？　どういうことかしら？」

「エリが言ってたわよ。塾の先生が、鈴香ちゃんとなっちゃんに、二人で四葉に受かるよう頑張れって言ってたって。ついこの間受験決めたのに四葉狙えるなんて、なっちゃんのスペックの高さ、ハンパないわあ。エリに少し分けて欲しい、スペック」

「……ああ」

麗香さんの声に、低い笑いが込められます。

「無理よ。飯野さんのお宅では」

初めて聞く、冷たく暗い麗香さんの声。その声は、私の心を深く抉りました。

無理……？

「無理？　何で？」

「だって、ご存じ？　飯野さんのお宅、ママもパパもご出身、高校までオール公立なのよ。しかもパパのお仕事なんて、下請け会社のＳＥでしょ？　四葉の入試で面接があるのは、両親を見るためなのよ。あんなお宅では、ねえ」

あんなお宅。

うちのことを、あんなお宅と、麗香さんは言いました。

心臓がバクバクと激しく打ち付けます。そんな私に気付くことなく、麗香さんは続けます。

「うちは、私の母が四葉出身なの。私も入る予定だったんだけど、父が官僚で転勤の多い部署だったから、入学の時期を逃してしまってね。空きがあったら転入ってお話もあったんだけど、結局海外が長くて入らず仕舞い」

「すごい、お嬢様だったのねえ。小宮さん」

ため息交じりに言うエリちゃんママに、麗香さんは明るく「そんな」と謙遜しました。

「うちの主人の方がすごいのよ。主人の家は代々東大出で、おじい様なんて学生時代に皇族の方の家庭教師もなさっていたそうなの。主人は開成から東大の文Ⅰで、本当は官僚になりたかったらしいんだけど、結局新聞社なんて入っちゃって。斜陽なのにね、今時紙の媒体なんて」

「やだー、超エリートじゃない！」

エリちゃんママの叫びに、麗香さんは静かに答えました。

「まあ、そういう家庭の子が行くところなのよ。四葉は。飯野さんのおうちなんて、どう逆立ちしたって無理なの。塾の先生から何を言われたか知らないけど、本気で四葉を考えているなら、分不相応にも程があるわ。なっちゃんなんかが入れるところじゃないのに。何を勘違いなさっているのかしら。恥ずかしいわよね、本気になさってるなら」

飯野さんのおうちなんて。

なっちゃんなんかが。

勘違い、恥ずかしい……。

麗香さんの言葉の一つ一つが、私にある真実を突き付けます。

鋭い刃を以《も》って、私の心を切り刻む、残酷な真実を。

あまりのことに、強張っていた全身がブルブルと震えてきます。

その時、

「あ、飯野さん！」

背後から声を掛けられ、心臓が止まりそうになりました。きっとオリーブの木の向こう側でも、同じことだったのでしょう。ガタンッと大きく椅子の鳴る音がして、エリちゃんママと麗香さんが、オリーブの木越しに顔を見せました。私を見つけたその目は、驚きのあまり眼球がこぼれ落ちそうになるほど大きく見開かれています。私に声を掛けたマキちゃんママは、さすがにその緊張感に気付いたのでしょう。こちらに向かっていた足を止めて、

「あ、あれ？　どうしたの？」

と、呟くように言いました。

悪口という程ではないかもしれません。でも決していい話題ではない話の中心人物のいきなりの登場に、気まずそうにエリちゃんママは目を伏せました。

しかし麗香さんの見開いた目からは、すでに驚きは消えていました。代わりに湛えられていたのは、自信とも言えるような、満ち足りた色でした。

「私、良子さんもお誘いしたかしら？」

麗香さんは、真っ直ぐに私を見つめて言いました。ずっとずっと聞きたかった、恋

い焦がれていた声です。

　でも今は、そんな気持ちは蒸発してしまったかのように、無くなっていました。

　頭の中は、真っ白でした。

　呆然《ぼうぜん》と立ち尽くす私に、エリちゃんママが引きつった笑顔を見せながら、椅子に置かれていたバッグを手にしました。

「あ、あの……あたし、帰るね」

「え？　あ、そ、そうなの？」

　とても気まずい空気を感じ取ったのでしょう。帰ると言ったエリちゃんママに、マキちゃんママが追随しようとしました。

　そんな二人を、麗香さんは笑顔で引き留めます。

「どうして？　まだお教えしたいこと、沢山あるのよ。せっかく厚木さんもいらしたんだから」

「でも」

「さあ。厚木さんは、こちらにお掛けになって」

　麗香さんは自分の右隣の席を示して、自分はまた椅子に腰かけました。そのテーブルには、椅子が三つしかありません。麗香さんとエリちゃんママとマキちゃんママ、三人だけのテーブル。

「あなたも、いらっしゃりたい？」

私を見ることなく、麗香さんは言いました。

何を言っているのでしょう。私の場所なんて、無いくせに。

「……大丈夫。私、帰るから」

「そう？　さようなら」

麗香さんは、横顔で微笑みました。

目の前が、ひどく殴られた時のようにグラリと揺らぎました。

どうして、笑っているのでしょう。

私一人のけ者にして、さようならなんて、どうして平気で言えるのでしょう。

どうして、どうして、どうして。

「……どうして……」

震える声が、口から零れ落ちました。確かに私が発した声なのですが、誰か他の人が私の身体を乗っ取って喋っているようです。何を考えているのか。何を話したいのか。自分でも分からないまま、口が勝手に動きます。

「どうして、メッセージの返事をくれなかったの？」

私の言葉に、エリちゃんママとマキちゃんママが顔を向けます。

しかし麗香さんは前を向いたまま、私に背を向けています。

聞いているのかいないのか分からないまま、私は続けます。

「どうして鈴香ちゃんは菜摘を無視するの？　菜摘は鈴香ちゃんと同じクラスになりたくて、勉強頑張ったのに。やっと同じクラスになれたのに、ずっと無視されて、菜摘苦しんでる」

「無視なんて、人聞きの悪い事を。鈴香には、なっちゃん以上に仲の良いお友達が他にも沢山いるのよ。困るわ、そんなこと言われても」

そう言って麗香さんは、私の方に向き直りました。残酷なまでに、冷たい瞳で。もう嫌というほど気付かされた真実が、また私の心を傷付けます。ジクジクと痛む心を抑えながら、私は「そんな……」と言い淀《よど》みました。

「私がなんてお答えすれば、あなたはお気に召すのかしら？　よく分からないわ。どうして私達が、いつもあなたとなっちゃんと一緒に居なくてはならないの？　親しく思って下さってるのは嬉しいけど、ありがた迷惑って言葉、ご存じないかしら？」

そう言って、麗香さんはまた笑顔を見せました。

綺麗な、優しい笑顔。

冷たい、氷のような瞳の。

これが、真実。

麗香さんは、私と菜摘を、切り捨てた。

「……菜摘が……Aクラスに、上がったから……？」

抑えようもなく、声が震えます。

鈴香ちゃんに近づけると聞いた時の菜摘の笑顔が脳裡《のうり》に蘇《よみがえ》ります。鈴香ちゃんと同じクラスになるんだと、懸命に机に向かう姿。成績が悪くて、鈴香ちゃんに申し訳ないと泣く姿。あんなに、あんなに鈴香ちゃんを大好きな菜摘なのに。

その時、私はハッと思い出しました。

菜摘がDクラスでただ一人、Aクラスの子にだけ配られる入試問題を挑戦状として貰ってきたこと。そのことを話した時の麗香さん……答えを見せてと言った私から、問題用紙を取り上げた、その手の震え。

単元テストの、前のことでした。

そう、あの時。

あの時からもう、麗香さんは私達を切ろうとしていたのです。

「図書館で菜摘をすっぽかして、テストに遅刻させようとしたのも、わざとだったのね……？」

掠れた私の言葉に、麗香さんは初めて感情をむき出しにしました。振り返り、キッと私を睨みつけ声を荒らげます。

「今の言葉、どういうことかしら？」

「菜摘、鈴香ちゃんに言われてずっと図書館で待っていたのよ。電話しても、あと少し待って、あと少しって言われ続けて、じっとテスト直前まで待ち続けたの」

「待って。鈴香が悪いって言うの？　うちの鈴香が？　冗談じゃないわ！　どうしてあなたなんかに、そんな言われ方をされなくてはいけないの⁉」

「菜摘が、怖かったんでしょう？　追い上げて来る菜摘が！」

「誰が、お宅の子なんて怖がるもんですか」

そう言うと、麗香さんはフッと笑いました。

「誰にものを言っているつもりなの？　なっちゃんもあなたも、いつも何もご存じなくて、可哀そうだから色々教えて差し上げたというのに。飼い犬に手を噛まれるって、こういうことね。恩を仇《あだ》で返すとも言うわ。人として、いかがなものかしら」

「飼い犬って……！」

カアッと頭が熱くなり、思わず声が大きくなります。そんな私の腕をマキちゃんママが宥めるように押さえ、エリちゃんママが「小宮さん」と声を掛けました。その声が聞こえなかったのか、麗香さんはカフェに響き渡る大きな声で言いました。

「図書館のことは、勝手になっちゃんが待っていたんでしょう？　自分のお子さんが時間の管理も出来ないことを鈴香のせいにするなんて、どれだけ非常識なの？　いくら成績が上がっても、人として最低だとお思いにならない？　親として」

麗香さんの目の色が、フッと変わりました。

「まあ、そういうおうちだったわね。お宅は」

「……そんなふうに、思ってたなんて……」

今までの麗香さんの笑顔。優しい言葉。温かい思いやり。私を支えていた、友情だと思っていた全てに、心など無かった。ただの、綺麗なメッキに過ぎなかったのです。

呆然とした頭で、私は言いました。

「……信じてたのに」

麗香さんの全てを。ずっとずっと、嬉しく感謝しながら。

疑う瞬間は、確かにありました。それでもそんな気持ちを打ち消して忘れようとするほど、信じていたのに。

私は麗香さんをじっと見つめました。そんな私から、麗香さんが目を逸らしたなら、何かが違っていたかもしれません。でも麗香さんは、視線を逸らすことなく私を見つめ返し、艶然と笑って言いました。

「そう。ありがとう」

その一言で、私の中の全てが、変わりました。

今まで白かったものが、黒へ。

光が、闇へ。

愛情が、憎しみへ。

「……私の方こそ、今までありがとう」

私は、低く言いました。そして、

「鈴香ちゃんに伝えて。菜摘を騙すことなんて考えてる暇があったら、勉強してねって。そのうち、菜摘に追い越されるわよって」

麗香さんの瞳に、また怒りが満ち溢れます。それを見届け、私は踵《きびす》を返してゆっくりとエレベーターに向かい歩き出しました。

本当は、こんな場所に一分一秒もいたくなかった。すぐさま走って帰りたかった。

でも、こんな私にも、プライドがあったのです。

今まで気付きもしなかった、心の奥底にひっそりと沈んでいたプライドが、私に歩けと叫ぶのです。

逃げるな、と。

ここで逃げたら、負け犬になるぞ、と。

負け犬なんて、慣れっこでした。でも今は、自分でそれが許せない。麗香さんの前では、絶対に、負け犬になりたくなかったのです。

心臓は激しく乱れ打ち、過呼吸になりそうなほど息も荒れています。それでも、頭の中だけは、澄んだ湖のようにシンと冷えていました。

麗香さんは、私のことを見下していた。

確かに私も、麗香さんは私より上の人間だと思っていました。憧れて、尊敬していた。だからこそ、近づきたかった。近づいたら、その素敵な麗香さんと、本当の友達になれると思っていたのです。

でも、麗香さんは違っていた。

麗香さんは、私が同じ立場になることなんて、望んでいなかった。

麗香さんが欲しいのは、自分より下の人間なのです。

自分の優越感を満たしてくれる、出来の悪い可哀そうな人。

それが、麗香さんにとっての〈友達〉なのです。

自分の優位を脅かす人間は、要らない。

優秀な娘とその母という立ち位置を脅かしそうになった私と菜摘は、もう友達としての価値が無くなった。

だから、切った。

気が付くと、自宅のマンションに着き、エレベーターを降りていました。私の気持ちをよそに、足が勝手に家に向かって歩いて行きます。

自動で動く機械のように鍵を開け、靴を脱いで家に入ります。

リビングに入ると、真っ直ぐ菜摘の机に足が向かいました。

私は菜摘の勉強机の上の本棚を眺めました。受験をすることに決めてから、学校の教科書と別にしまえるようにと主人が作ってくれた小さなその本棚には、沢山の塾のテキストや参考書、問題集がギュウギュウに詰め込まれています。そこには、麗香さんに薦めてもらった問題集や、お下がりで貰った参考書もありました。それを見た私の頭は、再びカアッと熱くなりました。押し殺していた怒りが、燃え滾《たぎ》る炎のように身体中から迸《ほとばし》り出ます。

「うわあーっ！」

私は麗香さんに貰った問題集や参考書を摑み出し、床に叩きつけました。

散らばり、日の光に冷たく輝くそれらは、麗香さんの冷酷な笑みと同じに見えます。堪りませんでした。許せない。許せない。

麗香さんが、許せない。

私は床に落とした本をメチャクチャに踏みにじり、ページを引き裂きました。全身の力を込めて背表紙から真っ二つに裂きます。憎しみの力に押されるように、全てのページをビリビリに破いていきます。厚いカバーを破いた手は真っ赤になり、指先が切れ血が滲みます。それでも私は次から次へと本を手にし、破き続けました。

足りない。

いくらやってもやっても、やり足りない。

破り捨てたページの端々で、麗香さんが笑っているように見えるのです。

何を、笑っているんだ。

笑うな、笑うな……！

私が夢中で本を引き裂き続けていると、

「ママ！　何してるの⁉」

悲鳴に似た声を上げ、菜摘が駆け寄ってきました。ランドセルを背負ったまま、私の腕にしがみつきます。

「やめて！　これ、鈴ちゃんに貰った問題集だよ！　なんでこんなことするの⁉　やめてよおっ！」

「騙されてたんだよ！」

菜摘の腕を振り払い、私は叫ぶように言いました。

「鈴香ちゃんは、友達なんかじゃない！　騙されてたんだよ！　ずっとずっと、バカにされてたんだよ！　鈴香ちゃんよりなっちゃんの方が頭悪いって、見下されてたんだよ！」

私の言葉に、菜摘が目を見開きます。驚いています。何を言われているのか、分かっていないのでしょう。ずっと鈴香ちゃんを友達と思っていたのです。赤ちゃんの頃からの仲良しで、誰よりも信じて大好きだったのです。何一つ疑うことなく、その気持ちを持ち続けて来たのに。可哀そうな菜摘。

可哀そうな、なんて可哀そうな菜摘。

不意に涙が込み上げてきました。

「……ママ」

ボロボロと涙が頬に零れ落ちます。菜摘の顔を見ていると、怒りで見えなくなっていた気持ちが、はっきりと形を現してきました。

悲しい。

情けない。

悔しい。

「……なっちゃん」

頬を伝う涙をそのままに、私は言いました。

「鈴香ちゃんは、なっちゃんが自分より頭が悪いから、仲良くしてたんだよ」

私が泣いているからでしょうか。それとも、さっきの言葉を理解したのでしょうか。菜摘も泣きそうな顔をしています。真実は、残酷です。鈴香ちゃんの本当の姿は、菜摘を傷つける。親であれば、本来なら何があっても隠さなければならないことです。

でも私は、何が何でもこのことは、菜摘の耳に入れないといけないと思いました。

菜摘に対してこんなひどい裏切りをし、傷つけた鈴香ちゃんを、私は絶対許さない。

同じように裏切られ、傷つけられ、菜摘と同じ苦しみを味わうべきなのです。

「なっちゃん、いい？　なっちゃんは、鈴香ちゃんなんかより、ずっと頭がいいんだよ。室長先生が言ってた。なっちゃんは、十年に一人の秀才の子と一緒だって。だからいきなりAクラスに上がったり、特別扱いしてもらってるんだよ。そのせいで鈴香ちゃんは、もうなっちゃんと口を利かなくなったの。自分より上だって分かったから。

バカに出来なくなったから、仲良くしなくなったんだよ」

「……じゃあ、またクラスが下がったら、鈴ちゃんと仲良くなれるの？」

「何バカな事言ってるの⁉」

思わず声を荒らげ、怒鳴りつけました。

「こんなに言ってるのに、なんで分からないの⁉　鈴香ちゃんは、なっちゃんのこと、好きでも何でもないんだよ！　なんでそんな子と、仲良くしたいと思うの⁉　鈴香ちゃんは、なっちゃんを裏切ったんだよ！　なっちゃんの成績が悪かった時、心配するフリして、『バカな子に教えてあげる』って、優越感に浸ってたんだよ！　自分が良い気分になるために、なっちゃんの側《そば》に来てたんだよ！　なっちゃんのこと心配なんて、本当は全然してなかった。ずっとバカでいてほしかったんだよ、本当は！　鈴香ちゃんに必要なのはなっちゃんじゃない。自分よりバカな子なら、誰でもいいんだよ！」

「そんな……」

やっと菜摘にも真実が伝わったのでしょう。泣きそうだった目に、涙が盛り上がってきました。

胸が痛みます。可哀そうな菜摘。

可哀そうな、可哀そうな、可哀そうな菜摘。

「見返してやろうよ、なっちゃん」

菜摘の肩に手を置いて、私は顔を覗き込みました。

「テストの時、鈴香ちゃんが来なかったのも、なっちゃんに良い点数を取らせないためだったんだよ。なっちゃんの鈴香ちゃんへの気持ちを逆手に取って、あんな卑怯《ひきょう》な事するなんて、ママ、悔しくて堪らない。何よりも大切ななっちゃんをあんなに不安にさせて、辛い思いをさせたなんて。ママ、絶対許せない。なっちゃん、鈴香ちゃんを、見返してやろう」

菜摘の目から、涙が零れ落ちます。長いまつ毛を伝い、後から後から流れ落ちて、えくぼのない頬には涙の川が出来ました。そんな菜摘の涙が、私の気持ちを揺るぎなく固めます。

「なっちゃん、頑張ろう。頑張って、鈴香ちゃんを追い抜こう。鈴香ちゃんを抜いて、トップになろう。そして、笑ってやろう」

菜摘が、ううっと声を上げて泣き出しました。細い肩が激しく震え、泣き声はどんどん大きくなっていきます。

鈴香ちゃんの本性は、菜摘にとって、ショックだったに違いありません。真実を知ったことで、気付かず傷つけられていた傷口から、血が噴き出したのです。

それは、私も一緒でした。震える菜摘の肩を抱きしめながら、私も涙が止まらなくなっていました。私の傷口からも、血がドクドクと流れ出ているのです。

信じていたのに、麗香さん。

誰よりも、何よりも大切に思っていたのに。

私の、この気持ちを裏切った。こんなに私に辛い思いをさせて苦しめているのに、悪いことをしたと微塵も思っていないなんて。

絶対、絶対許せない。

「見返してやろう、絶対」

泣きながら、言いました。菜摘に。自分自身に。

「絶対、鈴香ちゃんを蹴落として、トップになってやろう。絶対、四葉に受かってやろう。絶対、絶対……！」


こうやって書いていても、涙が止まりません。

悔しくて悔しくて堪らない。

どんなに憎んでも、憎み足りません。

だって麗香さんと鈴香ちゃんは、笑いながら私達の心をいたぶり、殺したのです。

これでは、あの頃と同じではないですか。

クラスのカースト最高峰の女たちから名前も覚えられず「地味ーな」呼ばわりされた、底辺に這いつくばっていた私の高校時代と。

この、菜摘が！

受験のプロから十年に一度の逸材と称《たた》えられた、輝かしい天才がです！

こんなこと、許されない。

菜摘の名誉にかけて、決して許されていい筈がないのです。

私は決めました。

一番苦しく、みっともない目に遭うような方法で、あの母子に復讐《ふくしゅう》をしてやるのです。

私の宝……命より大切な、菜摘のために。

三月十九日

あれから二日経ちました。


「なっちゃん、そろそろお風呂に入ったら？」

ソファで新聞を読んでいた主人が時計を見上げて言いました。

勉強机に向かい算数の強化問題集を解いていた菜摘がその声に顔を上げ、こちらを見ました。それを合図に、ダイニングでアイロンをかけていた私が、

「そうだね、もう九時半だから。ママも一緒に入ろうっと」

と言うと、主人が不思議そうに顔を向けました。

「え、どうしたのさ。なっちゃんはもう大きいから、ママ一緒に入らないって、三年生になった時言ってたじゃない」

「うん。でも最近勉強で忙しくてあんまり喋る時間無いから、女子トークしたいのよ」

「えー、何だよ。パパだって、なっちゃんと色々話したいよ。パパも一緒に入ってい

い？」

「ダメだよ。いつまでも男親がそんなこと言ってると、嫌われるわよ」

恨めしそうな主人を軽く睨み、私は菜摘を連れて脱衣所に入り扉を閉めました。耳を澄まして主人がこちらに来ないことを確認し、洗面台のタオル入れから社会の問題集を取り出します。

「じゃ今日は、各地の気候の分野をやるからね」

私の言葉に、服を脱ぎながら菜摘が頷きます。

お風呂場には中学受験用の日本地図が貼ってあります。県名や地方名のみならず、山脈、平野、川、盆地……さらに工業地帯や名産特産品、世界遺産や歴史的な出来事までその一枚に網羅されています。

中学受験に途中から参加した菜摘は、特に社会で習っていない地理の単元が穴となり、ネックなのです。

宿題と毎回の授業、それにテストの復習に時間を取られるため、こういう暗記分野は隙間時間を使うしかありません。室長先生からは「いずれまたやるから、今はやらなくていい」と言われていますが、そんな「いずれ」を待っていては時間が足りなくなってしまいます。「いずれ」が来て菜摘が習う時は、他の子達は二度目の学習になるので、圧倒的に不利ではないですか。

鈴香ちゃんを抜くには、一問でも多くテストで正解を取らなくてはならないのです。

今、すぐに。

主人には、内緒にしようと思いました。

主人は、ただでさえ受験に対する温度が私とは違います。元々否定的なところを、「絶対菜摘に無理をさせない」という条件で承諾させているのです。隙間時間も勉強に使うなど主人に知られたら、どれだけ悪《あ》しざまに言われるか。

想像するだけで、ウンザリします。

お風呂場から洗面所に、大量の湯気が流れて来ました。菜摘がお風呂の蓋を開けたのです。

「ありがと」

私の言葉に、菜摘は小さく頷きました。

あの日から、菜摘はあまり話さなくなりました。

塾では相変わらず鈴香ちゃんから無視され続け、他に仲の良いお友達もいません。

前のクラスの子とはタイムスケジュールが違うので一緒になることもなく、孤立しているのかもしれません。

お友達と一緒にいたくて入った塾なのに。

皮肉だな、と、思います。

でも、可哀そうでしょうか？

そうは思いません。だって、菜摘は選ばれた人間なのです。将来を嘱望された、エリート候補なのです。孤高、というその言葉が、きっとピッタリ合う人間になるのです。

寂しいのは、辛いのは今だけ。

今だけだから、我慢して。

ここを乗り越えれば、素晴らしい教育環境、賢くて楽しい素敵なお友達、文字通り選ばれた子供だけに与えられる、最高の学校生活を送れるようになるのです。

そこはもう、鈴香ちゃん程度では辿り着けない場所でなくてはなりません。

でも、こんな菜摘を、主人にはやはり内緒にしています。

そんな孤独で可哀そうな環境なら、すぐに塾をやめろと、絶対言い出すに違いありません。

本当は私だって、こんなふうに表情を失った菜摘を見るのは悲しいのです。苦しいし、辛い。誰かにこの気持ちを聞いてもらって、「分かる、辛いよね」と言って欲しい。でも、そんな言葉をもたらしてくれる人を、私は失ってしまったのです。その人を見返してやるために、この苦しみは生まれてきているのです。

心に空いた寂しい隙間を、埋めるように。

やめられないのです。

菜摘にだけ、苦しく辛い思いをさせているのではありません。

菜摘が苦しむのと同じくらい、私も苦しいのです。

だから、今だけは見逃してほしい。

鈴香ちゃんと麗香さんを見返すことが出来たら、私も菜摘もこの苦しみから解放されます。また、元に戻れるのです。

そうしたら、また菜摘の笑顔が見られる。

そのためです。

それまで、主人に隠し通せたら、いいのです。

菜摘と一緒に湯船に浸《つ》かり、問題集が濡れないように気を付けながら、問題を出します。主人に聞こえないように、こっそりと。

「太平洋側の気候と日本海側の気候の違いは、なんであると思う？」

「えっと……」

菜摘が考え込みます。でも、テスト中はそんな時間はありません。中学受験の問題は、社理に関しては親切です。初見のように思えても、問題と一緒に記されている図や表を見れば、そこに答えが書いてあるのです。それを読み取る技術が身についているか、読み取った情報で基礎知識から答えを導き出す能力が身についているか。要は、テクニックの有無に過ぎません。覚えていないことをいくら考えても、時間の無駄です。私は「地図を見なさい」と助言をしました。菜摘はお風呂場の壁に貼った地図を見上げました。のぼせたのか、顔が真っ赤になってきています。

「地図から分かることを言ってごらん」

「えと……日本の真ん中には、ずっと山脈が通ってる。季節風が山脈に当たるから……冬は大陸からの季節風が山に当たって、日本海側に沢山雪が降って、水分を落とした風が山を越えて太平洋側に吹いてくるから、太平洋側は乾燥するのかな。逆に夏は、太平洋側からの風が吹くから……」

「オッケ、もういい。じゃ次ね」

地図の読み取りは完璧です。解答の残りも正解に違いないので、次の問題に移ります。

「ママ、暑いよう……」

額から汗を滝のように流す菜摘の目が、ボンヤリとしています。

「地図使う問題あと四問あるんだから、我慢しなさい」

私だってのぼせそうです。でも、時間が無いのです。限られた時間を有効に使う。スタートが遅かった私たちが鈴香ちゃんに勝つには、どんな隙間時間も無駄に出来ないのです。

「じゃ、次の問題ね。日本は災害が多いけれど……」

菜摘はぼうっとしています。私もダクダクと流れ落ちる汗が目に滲《し》みて、痛くて堪りません。

辛いのは、ママも一緒だから。もう少し、頑張ろう、なっちゃん。

鈴香ちゃん達を見返すまで、頑張ろう。

二人、また笑えるようになるまで、それまでママと頑張ろう。

四月七日

塾の春期講習が終わるのと同時に春休みも終わりです。

今日は学校の進級式で、菜摘は学校でも五年生になりました。

始業式から帰った菜摘が、年度初めに配布される学校からの大量のプリントを、私に手渡します。それに目を通しながら、「誰と一緒になった？　クラス」と、私は訊きました。高学年になる五年生で、小学校最後のクラス替えがあるのです。

答えを待ちましたが、菜摘は何も言いません。どうしたのかと思いプリントから目を上げると、その表情から分かりました。菜摘の途方に暮れたような、暗い表情。

「また、鈴香ちゃんと一緒？」

私が訊くと、菜摘は苦しそうに頷きました。

鈴香ちゃんは、学校でも菜摘を無視することを決め込んでいるのでしょう。

鈴香ちゃんの、そして母親である麗香さんの人としての器の小ささを、感じずにはいられません。

「気にすること、ないわよ」

私は菜摘の肩を抱いて言いました。

「あんな子、こっちの方から無視してやればいいの。それより、勉強しよ。次こそあんな子抜かしてやろうよ。そうしたらスッキリするよ、きっと」

そう言いながら菜摘を勉強机に座らせ、塾のテキストを開きました。

あれから単元テストを何回か受けています。Aクラスの優秀なお子さん達をどんどん抜いていっているのですが、どうしても鈴香ちゃんだけは抜けないのです。今は鈴香ちゃんが一位、菜摘が二位という席で、ずっときています。

麗香さんは鈴香ちゃんと、この状況を何と言っているのでしょう。

「今回も、なっちゃんに勝ったね」と笑っているのでしょうか。

そう思うと、頭がカアッと熱くなります。ドクドクと心臓が痛いほど鼓動が速まり、息が苦しくなります。

絶対、絶対、この苦しみと同じ思いを、麗香さんにもさせてやる。

「さ、理科のテキストやろう。もう覚えた？　テスト形式で問題やるよ。ママが時間計るから」

私はストップウォッチを取り出しました。テキストの問題をテスト形式で解く時、塾と同じ時間でやらせるために買ったものです。入試も限られた時間で大量の問題を解くため、普段から時間を意識して勉強する習慣をつけると良いのです。

私がスタートボタンを押そうとした時、菜摘が「待って」と言いました。

「トイレ、行きたい」

こんな時に……麗香さんのことでグラグラと煮えたぎっている腹の中が、苛立ちでぐるりとかき混ぜられます。トイレ？　一秒でも無駄に出来ない時なのに、なんでそんなのん気な事言ってるの？

「早く行きなさい。トイレでちゃんと四字熟語の本見て覚えてくるのよ、五つ！　グズグズしない、早く！」

私に急かされ、菜摘はトイレに走りました。

勿体ない……勉強以外の、全ての時間が勿体なく感じられます。菜摘がトイレに行っているこの数分で、鈴香ちゃんは何か一つでも覚えているかもしれない。何か一問でも、解いているかもしれない。そう思うと、居ても立ってもいられません。

「なっちゃん、まだ!?　あと十秒で戻りなさい！　九、八、七……」

廊下の向こうから、トイレの水が流れる音と走ってこちらに向かってくる足音が聞こえて来ます。

早く、戻れ。

早く、早く……早く、鈴香ちゃんを追い越せ。
早く、鈴香ちゃんに、麗香さんに、悔し涙を流させてやれ。
早く。
私達のゴールは、そこにしかないんだから。

五月十九日

しばらく空いてしまいました。

ゴールデンウィークも過ぎましたが、気を緩めることなく、菜摘の成績は変わらず高止まりの状態です。

下がらないのはいいことなのでしょうが、あの子をまだ追い抜けないことにイライラが募ります。

そんな日々の中、すごく不快なことがありました。


「なっちゃん、朝ごはん出来てるよ」

新聞受けから朝刊を取って来た主人が、勉強机に向かっている菜摘に声を掛けます。

それを聞きながら、私は眉をひそめました。

「ねえ、なっちゃんに話し掛けないでよ」

「なんで。温かいうちに食べたほうがいいだろ」

テーブルの上には、炊き立てのご飯になめこと豆腐の味噌汁《みそしる》。鯵《あじ》の開き、納豆……

菜摘が受験を決めてから、頭が良くなるメニューを毎食並べるように心がけています。青魚は頭が良くなる、納豆は東大卒の芸能人がいつも食べていたというので、欠かさないようにしています。本当なら学校でも訳の分からない給食なんかではなく、頭が良くなるお弁当を持たせたいほどです。菜摘がしている勉強はとても難しく、私には到底教えられません。私に出来ることは、食事で菜摘の成績を伸ばすことくらいしかなく、逆に菜摘の偏差値がひとつでも上がるなら、なんでも作るつもりです。

そんなふうにして作った朝食、主人が言う通り温かいうちに食べてもらいたいのは山々ですが、それで勉強を遮っては本末転倒です。勉強に集中している菜摘の邪魔はしたくないし、絶対して欲しくない。

しかし、そんな私の気持ちを、主人は相変わらず理解しません。机に向かったまま動かない菜摘の方に歩み寄り、

「なっちゃん、先に食べてから勉強した方がいいんじゃない？」

主人が覗き込んだ瞬間、菜摘は机に広げているノートにガバッと身体を被《かぶ》せ、隠そうとしました。その不自然な態度に、私も疑問を持ちました。

「なっちゃん、何してるの？」

「え、勉強だよ」

言いながら、菜摘はまばたきを繰り返しました。菜摘はまつ毛が長いので、パチパチと音がしそうです。いつもなら可愛く思えるのですが、この時はそんな気分ではありませんでした。親なので分かるのです。自分の娘の言っていることの真偽くらい。菜摘は誤魔化そうとすると、まばたきが異様に速くなるのです。

グリルからお皿に移そうとしていた魚を戻し、菜摘の机に向かいました。そして菜摘の身体を、グイと起こしました。ものすごく怖い表情をしていたのでしょう。それとも、起こした私の強い力に怯えたのでしょうか。菜摘は慌てて、「ごめんなさい！」と叫ぶように言いました。

菜摘の身体の下にあったのは、学校で使う計算ドリルとノートでした。

「何、これ？　今は塾の計算と漢字をやる時間でしょう？」

思わず声に怒りが滲みます。それを聞いて、菜摘は一層怯えたように俯《うつむ》きました。

「……昨日、塾から帰ったのが遅くて、出来なかったから……学校の宿題。これも、三ページもあって。でも、すぐ終わるから！　簡単だから、これ！　もうすぐ、もうすぐ終わるから！」

「何言ってんの!?　ちゃんと今日の分の塾の宿題やらないと、雪だるま式に増えて大変になっていくんだよ！　学校の宿題なんて、休み時間にやればいいじゃないの！」

「休み時間にやるの、禁止なんだよ」

「はあ？　どういうこと？　なんでこんなことやるのに、塾の勉強をやる大事な時間を潰さなきゃならないのよ？　勿体ない！」

「待てよ。学校の宿題に、こんなことって言い方、ないんじゃないか？」

私は心の中で舌打ちをしました。また主人が余計な口出しをしてきます。何も分かっていないくせに。でもここで言い返したら口喧嘩になるので、言い返したい言葉を全て飲み込んで、キッチンに戻りました。

こんなに私が一生懸命にやっているのに、主人は相変わらずトンチンカンなことばかり言うので、イライラします。そしてそれと同じくらい、菜摘の危機感の無さに、腹立ちを感じずにはいられません。

なんで朝のこの時間に、学校の宿題なんてやっているのか。以前ネットのニュースサイトで読みました。マウスによる研究段階ですが、朝に暗記学習をすると、大きな効果があるそうなのです。一般的には、寝る前に暗記をすると、就寝中に記憶が定着すると言われています。

寝る前と起きてすぐ覚えたものは、確実に暗記できる……その重要な時間に、学校のドリルをするなんて。

私は菜摘の学力を上げるために、懸命に情報収集をして、一日の計画を立てているのです。

全て、菜摘の受験を成功させるために。

そして、その先に輝く、菜摘の幸せな人生のために。

いっそ、学校になんか行かせないで、受験に集中させた方がいいのかもしれない。

何度も、その思いには駆られます。実際塾で散々難しい勉強をこなしているおかげで、学校のテストはいつも満点を取ってきているのです。むしろ学校での基礎に過ぎない勉強や遊んでばかりの休み時間、給食の時間が、勿体ないくらいです。そんな無駄なことに時間を割くよりも、家で難問を沢山解かせたほうが、ずっと菜摘のためになるに違いないのです。

でも、思い直します。受験の時、小学校の出席状況も受験する中学校に提出しなくてはならないのです。欠席が多いからといってそれが合否に関わる訳がないとは思いますが、やはり中学校としては、無欠席の健康な、そして学校生活に積極的に参加する生徒が好ましいに違いありません。

少しでも我が子を、志望校が望むような生徒に近づけたい。一センチでも、一ミリでも、合格への距離を縮めたいのです。

「終わった！」

頬を赤らめて笑顔で言うと、菜摘は大急ぎで学校のドリルとノートをランドセルに仕舞い、塾の漢字計算テキストを広げました。

「急いでやるからね！」

「急いじゃだめじゃない。じっくり、丁寧にやりなさい。ただこなせばいいってもんじゃないのよ」

「それより、先に食べさせた方がいいだろう。このままじゃ、食べないで学校に行くことになるよ。朝食食べないで学校に行くほうが、ダメだ」

主人は、どこまでも余計な口を挟みます。

私がキッと主人を睨むと、菜摘はノートに鉛筆を走らせながら、「大丈夫、大丈夫！間に合うようにするから！」と、早口で言いました。その手は素早く動きますが、漢字はトメ、ハネ、ハライがきちんとされて、丁寧に形作られていきます。私はそれを見てまあ納得し、朝食の準備に戻りました。眉間に厳しい皺を寄せたまま、主人もダイニングテーブルに着きます。ご飯や汁椀《しるわん》を置きながら、私は考えていました。

学校は、休ませられない。

こうなったら、先生に話をしよう。

学校に着くと、昼休みらしい喧騒に包まれました。廊下を大きな声を上げながら、何人もの子供たちが猛スピードで走って行き、その勢いで巻き上がった風で髪が揺れます。

もう見慣れた光景なのですが、菜摘が受験をすることを考えると、ヒヤヒヤします。あのスピードで走る子供と菜摘が衝突して、菜摘が怪我でもしたら……想像するだけで、怖くなります。絶対菜摘にぶつからないでよ、と怒鳴りつけたい気持ちを抑えながら、職員室に向かいました。

「ああ、こんにちは」

菜摘の担任の加藤《かとう》先生は、そのふっくらした顔に満面の笑みを浮かべて、私を職員室の片隅の応接スペースに迎え入れてくださいました。

「お茶でいいですか？」

ニコニコと電気ポットからお茶を注ぎ、私の前に置く姿は、お母さん先生らしい落ち着きがあります。

噂によると、加藤先生は同じく教職についているご主人と小学生の子供二人の、四人家族だそうです。そのためか、子供というものをとてもよく理解していて、その指導も優しさと厳しさが両立していて、子供にも保護者にも評判が良い先生です。

「お忙しいのにお話しするお時間を作っていただいて、ありがとうございます」

お茶をいただいたタイミングで、頭を下げました。

今朝電話で、先生とお話をしたい旨を伝えたのです。電話では落ち着かないので、直接お会いしたい。でも放課後では菜摘の世話で学校に行けないので、昼休みに時間を作っていただきました。

頭を上げた私に、加藤先生は笑顔に少し困惑の色を混ぜて答えました。

「いえいえ……実は私の方も、菜摘さんのことでお母さんにお話ししたいことがあったんです」

「はあ」

塾に通い始めてから主要科目のテストがいつも満点なので、それについてのお褒めの言葉かしら。心の中にそんな甘い期待がふわりと浮かびましたが、加藤先生の表情を見ると、どうやらいい話ではなさそうな雰囲気です。

「菜摘さんですが、最近の生活習慣、いかがですか？」

先生も一口お茶を飲み、喉を潤してから切り出しました。

「生活習慣、ですか？」

「ここの所、菜摘さん、いつも眠そうなんですよね。授業中に大あくびすることも何度もあって。顔色も良くないみたいですし。おうちでの過ごし方、いかがですか？」

「……ああ……」

最近の菜摘の就寝時間は、遅くなるばかりです。就寝が遅いと主人がうるさいので、主人が帰宅する直前にはベッドに入るようにしていますが、それが十一時、遅い時には、十二時を回ることもあります。普通の小学生としては良くないこと、そして小学校の先生には受けが悪い事は、分かっています。私は言葉を濁しました。

「そうですね……寝る時間は、塾のある日は少し遅くなったりするので、まちまちです。朝は必ず定時には起きるようにしています。そこから計算と漢字をやって、ことわざと四字熟語を覚えて、七時に朝食です。その間も新聞やニュースで重要な出来事をチェックします」

さりげなく、忙しいアピールを入れました。だから学校の宿題をする時間が取れないので、何とかして欲しいという方向に、話を持って行くつもりでした。

しかし加藤先生は、私の話を聞いて、ますます表情を曇らせました。もうその顔に、笑顔はありません。

「えっと……クラスの子供達から聞いた話ですが、菜摘さんも中学受験、するそうですね」

「ええ、ハイ」

そのつもりです、と、私は胸を張りました。クラスのどの子よりも、賢いうちの子です。鈴香ちゃんには今は負けていますが、じき追い越し、トップになります。

「そうですよね。うちのクラスに限らず、中学受験するお子さん、多いですよね。私ももう何回も、中学受験をしたお子さんを卒業させてきました。その経験から、お話しさせていただきます」

いつも朗らかな加藤先生の眼差しに、硬質な光が帯び、私は思わず息を呑みました。

加藤先生は、低い声で言いました。

「お母さん。小学校生活を、勉強一色にしないでください。勉強さえ出来れば良いという考え方を、させないでください」

先生の言葉に、私は目を丸くしました。

この人は、一体、何を言っているのでしょう?

「私が今まで持ってきたお子さんで、受験に成功したのは、勉強だけではなく、学校の委員会活動でもリーダーシップを取ったり、行事に積極的に参加した子ばかりです。五年生という早い時期から受験勉強に打ち込んで来たお子さんは、六年生になる頃には意欲が続かなくなって、失敗することが多いんです。菜摘さんはまだ五年生なんですから、もう少しゆっくりさせてあげてください。大人からしたら無駄に見える時間が、子供には必要なんですよ」

児童を想う真摯な気持ちでしょう。分かります。分かりますが、中学受験をするに当たっては、事情を知らないにも程があります。

先生がおっしゃる受験に成功した児童は、学校で活躍しても合格出来る優秀な子供で、勉強に明け暮れても失敗した児童は、それだけ学力が無かっただけ。それに尽きます。

頭を良くするには、勉強しかない。それは、他の誰でもない我が子が、はっきりと示してくれた事実なのです。

私の心の中で、加藤先生に対する好印象が、グズグズと崩れていきます。この先生は、何も分かっていない。菜摘がどれだけ優秀で、選ばれた人間であるか。加藤先生は、端《はな》から菜摘がダメになると思い込んでいる。勉強し過ぎてすぐ潰れる、学力の無い子だと思っているのです。

目の前の加藤先生に、麗香さんの顔が重なります。私と菜摘をバカにしきった、麗香さんの笑顔が。

加藤先生まで、私達をバカにしている。

「……分かりました。気を付けます」

怒りで声が震えて来るのを抑えながら、立ち上がりました。加藤先生も慌てて立ち上がり、

「あの、お母さんのお話は……」

「もう、結構です」

そう言って、私は一礼して職員室を出ました。あんな話をされては、宿題を何とかして欲しいなどと言えません。意地でも、学校の宿題も完璧にさせないと。負担になるからと学校行事のリーダーなども避けさせたいと思ってきたのですが、それもバン立候補させないと。

先生の心配そうな眼が、頭から離れません。

バカな親子を心配する、あの眼。

公立小の教師ごときが。

再来年の二月を見てなさいよ。

絶対、四葉に合格させてやる。絶対。絶対。

私は脇目もふらず、保護者用の通用口に向かいました。スリッパから靴に履きかえ、

外に出ようとした時、不意にドアが開きました。

「きゃ」

「あ、ごめんなさい」

ドアにぶつかりそうになり、相手が先に謝りました。

その声に、ハッとしました。お互いに。

目の前にいたのは、麗香さんでした。

麗香さんは私の顔を見て、一瞬目を見開きましたが、すぐに笑顔を作りました。余裕の表情で。

「あら。こんにちは」

麗香さんと反対に、私は咄嗟に言葉が出ません。自分でもこういうところが歯がゆいのですが、言葉が見つからず、ただ頭を下げました。

その後ろから、「飯野さん、待って！」と、加藤先生の声がしました。振り返ると、私のハンカチを持った加藤先生が、身体の肉を揺さぶりながら走ってきます。職員室でお茶をいただくとき膝に敷いて、立ち上がった時に落としたのでしょう。

「あら、あなたも先生にお会いしたの」

ありがとうございます、と加藤先生からハンカチを受け取る私に、麗香さんが言いました。

「私も先生にお話があるんですよ～」

にこやかに麗香さんが加藤先生に話しかけます。すると加藤先生も、いつもの朗らかさでその笑みに応えました。

「どうしました？　そうそう、そう言えば鈴香ちゃん、今日こどもまつりのリーダーに立候補して、満場一致で選ばれたんですよ！」

「ホントですか？　もうあの子ったら、目立ちたがり屋でいやんなっちゃう」

「そんな。大事ですよ～、そういうの。こどもまつりが終わったら、ぐっと成長しますよ！」

「そう、それで、これからのことでお話があるんですけど」

「鈴香ちゃんなら、何にも心配ないですよ」

二人は女学生のようにキャアキャアと笑いながら、仲良く職員室の方に歩いて行きます。

私に、背を向けて。

私の存在など、忘れ去って。

私は学校を出ると、家に足を向けました。どんどん、どんどん早足になります。学校から、一刻も早く遠ざかりたかった。

学校の先生まで、麗香さんは取り込んでいる。

学校まで、麗香さんが、鈴香ちゃんが中心になっている。

怒りがたぎり、身体中がグラグラと沸き上がるように熱くなってきます。

負けて、たまるか。

塾の中心も、学校の中心も、菜摘が、私が奪い取ってやる。

そして私と同じように、怒りにのたうち回り、叫び出したい程の悔しい思いを、味わわせてやる。

そして、麗香さん達のそんな姿を見て、笑い飛ばしてやるのだ。

私は靴のかかとが地面を抉る度に、心に刻み込みました。


「えー、リーダーなんて、ムリだよ」

今度何かのイベントがある時は、リーダーに立候補しなさい、という私の言葉に、菜摘はボソボソと言いました。その自信無さそうな物の言い方が、チリッと私の神経を焼きます。

「何言ってんの。勉強だけじゃなく、クラスでもリーダーシップを取って行かなきゃダメよ。キャリア教育を謳ってる難関校が欲しい子は、そういう子なんだから」

一昔前にはお嬢様学校と言われたり、花嫁修業に良いとされたりした学校も、今は女性の社会参画を大前提にした教育を全面的に打ち出す、超進学校になっているのです。男性と肩を並べ、社会に、いや世界に羽ばたく女性を育てる……未来が不透明な現代です。少しでも明るい未来、子供が生き生きと輝ける未来を用意してあげたい。そんな親心をガッチリ摑むスローガンを、どこの学校も掲げています。

誰よりも菜摘には輝いてほしい。

少なくとも、鈴香ちゃんよりは。

「……うーん、分かった」

菜摘は低くぽつりと言うと、お腹すいた、と言って、ダイニングテーブルに向かいます。

六時間授業を終わらせて帰宅して、ランドセルも下ろさないうちに私が話を始めたので、うんざりしているのが気配で分かります。

何から何まで、どこまでも、温度の低い菜摘が、私の神経を逆撫でします。

なんで、こうなのでしょう。こんなに優秀なのに、なんでもっと自分を前に出そうとしないのでしょう。今の、クラスのリーダーシップを取れという話でも、嫌ならはっきり「あたしはやりたくない」と言ってくれたら、まだすっきりするのです。目立つのが苦手というだけで、何に対しても身を隠すようにしてひっそりとやり過ごそうとするところが、本当にイライラするのです。

これでは、鈴香ちゃんに敵《かな》う筈がありません。

菜摘がテーブルに着いたので、私はその前にお菓子を入れるボウルを置き、買ってあったクッキーやらスナック菓子やらを、ザラザラと無造作に入れました。

菜摘から、顔を背けて。

鈴香ちゃんに敵いそうにない娘の顔など、見たくありませんでした。

私達の、何より菜摘の幸せは、彼女たちに勝った先にしかない。

それを阻む者は、たとえ娘でも許せない。

六月十一日

塾、テスト、塾、テスト、塾……その度にお弁当を作り、テストで間違えた問題をやり直すためにコンビニのコピー機に走り、社会や理科の暗記のための資料を作り……。

去年の今頃からは想像もつかないくらい、忙しい毎日です。

忙しいという感覚が麻痺《まひ》してきそうなくらい、忙しい。

でも、全部菜摘のため。

何よりも大切な娘の未来を、輝かせるため。

だから、必死になる。


「また違うじゃない！　やり直し！」

私は丸付けをしていたノートを、菜摘に突っ返しました。

テストで間違えたところを復習しているのですが、どうしても平面図形で解けない問題があるのです。もう三回も解き直しているのに、一向に正解に繋がりません。私は解説を持っているので、出来ない理由が分かります。必要な補助線が、引けていないのです。ちゃんとした図形の概念が頭に入っていれば、補助線は自然と浮かび上がってくると言います。正答率二パーセントの難問ではありますが、それが出来ないということは、菜摘はまだ平面図形を完全にはマスターしていないということです。難関校は、どこも複雑な図形問題が出るというのに。

「こんなのも解けないようだと、難関校は受からないよ。どうすんの」

自然と声が冷たくなります。こういう時の菜摘は、濁った瞳で、辛気臭く俯くだけなのです。快活で、打てば響くような子になって欲しいのに、いつも正反対の態度を見せる菜摘に、私は苛立ちを隠しきれません。なんでこうなのでしょう。こんなふうにしていたら、輝く未来は遠ざかるだけ。不幸になるだけなのに、なんで分かってくれないのでしょう。もうこんな娘、見たくもない。私は目を逸らしたまま、低く「早く解きなさい」と、言い放ちました。

ノロノロと鉛筆を動かす気配がします。

「ちょっと、ちゃんとやる気出してやんなさいよ！」

思わず声が荒くなります。

「何やってんの？　なっちゃん、あれだけすごい馬力見せて、Dクラスから Aまで上がったじゃない。あの時のやる気、どうしたのよ？　あの時みたいに、ママに言われなくてもバリバリやんなさいよ！」

「……」

菜摘が口の中でボソボソと何か言ったようです。でも私は、それに蓋をしました。

「早く！」

グイッとテキストを菜摘に押しつけます。今は菜摘に話をさせる時間も勿体ないのです。とにかく、しっかり勉強させて、一日でも早く鈴香ちゃんを追い越さなくてはなりません。追い抜いたら最後、どんどんスパートを掛けて、鈴香ちゃんがもう二度と追いつけない程、引き離さなくてはならないのです。勢い、言葉に力が入ります。

「そんなぼさっとして、何考えてんの⁉　今グズグズしてるなんて、バカじゃないの⁉　ママはそんなバカな子を育てるのに必死になってる訳⁉　冗談じゃないわよ！」

菜摘はもう言葉を発することなく、椅子に座り直しました。そしてノートに向かい、鉛筆を動かし始めました。

カリカリと鉛筆がノートに字を刻む音がします。それはどんどん速くなってきて、見ると菜摘は背中を丸め、一心不乱に計算をしていました。シュ、シュ、と、図形に補助線を引いていきます。解説に書かれていたのと同じ図面が、菜摘の手から描き出されていきます。

出来てる。ホッと安心し、口元が緩みました。

やっぱり菜摘は、ちゃんと声掛けをすれば、どんな問題でも解けるのです。

これだけの難問が出来るのだから、菜摘は図形も大丈夫。後は女の子が苦手とされている比と割合と速さを、完璧にマスターさせなくては。そうだ、まだ早いのですが、中学受験で一番の難問とされている、ニュートン算にも取りかからせましょう。早くからやっていれば、それだけ解く演習量も多くなります。算数を制するのは、数多く演習を解いてきた者なのです。菜摘には、先々男子の最難関校の問題も解けるようにさせます。そうすれば、女子校の入試の算数なんて、取るに足らなくなる筈です。

鈴香ちゃんなんて、足元にも及ばなくなります。

勉強すると、お腹が空きます。私は菜摘のために、勉強しながらつまめる、小さなおにぎりを作るために、キッチンに向かいました。

背中に、菜摘の走らせる鉛筆の音を聞きながら。

六月二十一日

今日は、最高の、最高の、最高の日！

ああ、待ちに待ったこの日が、やっときました！


毎週月曜日は、朝からとても落ち着かず気忙《きぜわ》しいです。

スーパーで買い物を済ませて腕時計を見ると、あと五分で三時です。私はパンパンになったエコバッグを肩に掛け、小走りで家に向かいました。牛乳や野菜ジュースの他に、切らしていたお醤油《しょうゆ》やみりんも買ったので、肩が外れそうなほど重いのですが、急ぐ私には、そんなことは気になりません。夏の始まりの日差しが強く照り付ける中、汗をダクダクとかきながら、家に入りました。

冷蔵庫に買ったばかりの魚や肉、ソーセージなどを仕舞ってから、冷たい麦茶をコップに注ぎ、急いでパソコンに向かいます。

今日は月曜日。月曜日の午後三時は、いつもドキドキします。

菜摘が週末に受けたテストの結果が、塾のホームページにアップされるのです。

五年生で受けるテストは、通常隔週なのですが、難関校受験生が在籍するAクラスだけは、毎週行われるのです。

テストの回数を重ねるごとに、菜摘の成績と順位は上がっています。

今回は、何位かしら……パソコンを立ち上げ、才能館のホームページを開きます。会員限定サイトにログインし、タスクバーにある〈最新成績情報〉をクリックします。何も考えなくても指が完璧に覚えたその一連の操作を終え、私は麦茶を一口含み、菜摘の順位が出るのを待ちました。

パッと、パソコンの画面が順位に切り替わった途端、私は麦茶を噴き出しそうになりました。

偏差値　　七〇

全国順位　　九八位

身体の中から、凄まじい勢いで炎が燃え上がるのを感じました。ガクガクと激しい震えが来ますが、それでも目の焦点だけは、しっかりと成績表の数字を読み取っていきます。

国語　一四四点

算数　一五〇点

社会　九二点
理科　九〇点
合計　四七六点
これが、菜摘の取った成績です。
すごい……素晴らしい成績です。
明らかに鈴香ちゃんより上です。確か鈴香ちゃんは、最高偏差値が六七だった筈ですから。
「やったー！」
私は両手を天井に向けて突き上げ、全身で雄叫《おたけ》びを上げました。胸の奥からふつふつと喜びが湧き上がり、身体中を駆け巡ります。
いいえ。まだ、分かりません。ひょっとしたら、今回は鈴香ちゃんも最高偏差値を更新しているかもしれません。身体を満たす興奮に、理性が一瞬冷や水をかけます。でも、と、すぐ思い直しました。いくらそうであったとしても、菜摘が鈴香ちゃんを激しく追い上げていることには、間違いないのです。
猛スピードで迫りくる菜摘に、鈴香ちゃんは怯えの色を隠せないでいる筈です。麗香さんは、そんな鈴香ちゃんに、なんと声を掛けるでしょう。以前、マキちゃんママとエリちゃんママが言っていました。埼玉の小学校受験の幼児教室で、出来ない鈴香ちゃんを、麗香さんがこっぴどく罵って、叱りつけていたと。

思わず、笑いが込み上げます。

きっと麗香さんは、鈴香ちゃんを幼稚園の時のように罵り、詰《なじ》るでしょう。

『何やってるの、なっちゃんに負けるなんて‼』

『あんな子に負けて、どうするの⁉』

あんな子呼ばわり、この際は上等です。どんどん言って欲しい。菜摘のことを、散々悪しざまに、けなしてほしい。

それは、麗香さんが、菜摘と私に対して、負けを認めたということなのですから。

私はソファに仰向けに倒れ込むように座りました。込み上げてくる笑いが、少しずつ口から漏れ出し、ついには堰《せき》を切ったように溢れ出しました。

「ハハ……アハハハハハハ‼」

こんなに爽快な気持ちは、生まれて初めてです。

今まで私をがんじがらめにしていた色々な鎖、自己嫌悪だとか、劣等感だとか、そういったもので出来た鎖が、バチンバチンと外れて、ついに自由の身になったような解放感です。

気持ちいい……酔いしれたようにうっとりと思い、私は大きく一つ、ため息をつきました。

そうして、は、と、身体を起こしました。

いつまでもこうしてはいられません。

菜摘が、私の希望の星、宝物が、もうすぐ帰って来るのです。

今日は塾が無い日です。でも帰宅したら、すぐ勉強に取りかかります。勉強の質を高めるためにも、おやつを食べて脳に栄養を与えなくてはなりません。私は菜摘の好きなアイスを買うために、コンビニに行くことにしました。冷凍庫には安い箱売りのアイスがありますが、今日は菜摘の好きなパピコを買ってあげましょう。好きな物を食べたら、やる気がもっとアップする筈です。

菜摘には、もっともっと上を目指してもらいたいのです。鈴香ちゃんなんかの手に届かないくらい遠く、高く、羽ばたいて行って欲しいのです。

そこまで行って初めて、菜摘は幸せになれる。

誰にも邪魔されることなく、素晴らしい未来で輝くことが出来る。

そのためなら、私はどんな労苦も惜しまないつもりです。

六月二十二日

テストの結果の出た翌日、私は居ても立ってもいられず、菜摘の迎えのため、才能館に行きました。

もう九時近い夜、明かりが消えた店舗が立ち並ぶ中、才能館の入る雑居ビルだけは、煌々《こうこう》とした白い明かりが窓に灯っています。その窓明かりを眺めながら、私は恍惚《こうこつ》としました。

ここに通っているのは、中学受験を目指す子供達。その中でも、うちの菜摘は、特別に選ばれた子供なのです。あの明るい光は、菜摘のためにあると言っても、過言ではありません。

ビルの出入り口から、一人、二人と子供たちが出て来ます。授業が終わったのでしょう。解放感に満ちた顔が幾つも幾つも、中には数人の集団で、出て来ます。みんなワイワイと、とりとめもない話をしながら、ゲラゲラ笑っています。その様子に私は、軽く嫌悪を感じました。早く出て来たということは、先生に質問もせずに、終わるや否や勉強から逃げるように飛び出して来た子供達なのでしょう。喋ったり笑ったりする様子からは、知性の欠片《かけら》も感じられません。こんな子供に育ってしまって、親は我が子に失望しないのでしょうか。こんな子のために、どうして食事を作ったり、面倒を見たり、大切にしようと思えるのでしょう。私は心の底から、うちの子が菜摘で良かったと、思いました。

騒いでいる子供達の中に、鈴香ちゃんの姿を探します。

あの中にいれば、面白いのに。麗香さんの前では良い子でも、外ではとんでもない……そんな姿を想像してみますが、鈴香ちゃんはいません。菜摘同様、出て来る気配がありません。

鈴香ちゃんの顔が、見たい。

嘘をついて妨害するほど必死だった鈴香ちゃん。あの子が、グイグイと追い上げて来る菜摘の姿に怯え、真近に聞こえる足音から懸命に逃げている今、どんな顔をしているのか。見たくて見たくて、堪らない。いつも利口そうに澄ました鈴香ちゃんの顔が悔しさに歪み、その目に涙が滲む姿を想像するだけで、身体の奥底から高揚感が湧き上がり、笑いが込み上げて仕方がありませんでした。

ガヤガヤとふざけたり喋ったりする子供達がいなくなってしばらくしてから、菜摘が一人でビルから出て来ました。俯き加減で、元気が無いように見えます。その様子に、首筋がヒヤリとしました。あれだけの好成績を取りながらも、クラスでは上位に入れなかったのでしょうか。ひょっとしたら、鈴香ちゃんに、大差をつけられていたのでしょうか。

「……なっちゃん……？」

恐る恐る声を掛けます。すると菜摘は、私に目を向けることなく俯いたまま、「ん」と答えました。悪い考えに、鼓動が速まります。先ほどまでの高揚感は吹き飛び、どんどんと冷たい石が溜まっていくような重い心で、私は菜摘に訊きました。

「……悪かったの？　クラス順位」

声が震えます。返事を待ちながら固い息をゴクリと呑むと、菜摘は呟くように言いました。

「ううん。クラスで、一位だった」

菜摘の言葉に、私の心を重くしていた石は、瞬時に溶け去りました。思わず頬が緩みます。

「……ああ、良かった。そうよね。あー、良かった！　やったね、なっちゃん！」

私は菜摘の肩をバン、と叩きました。その弾みで娘の身体は揺らぎましたが、反応はありません。

「どうしたの？　嬉しくないの？」

「……嬉しいよ」

「先生、なんて？」

「やったなって。まだまだ気を緩めないで、頑張ろうなって」

「そうよねー。これが本番じゃないもんね。でも、偏差値七〇だよ？　このまま行けば、男子の御三家だって狙えちゃうよね」

浮かれた私の口からは、下らない軽口がポンポンと出て来ます。家に向ける足も、軽くなります。スキップでもしたいくらい弾んだ気持ちを大人らしく抑えつつ、私は一番聞きたかったことを、口にしました。

「そう言えば、鈴香ちゃんがまだ出てきてなかったみたいだけど」

「……うん。先生と、なんか話してた」

「鈴香ちゃん、今回何位だったの？」

「三位。クラスで。全国では、知らない」

三位！

ということは、偏差値では六〇台、順位も三桁でしょう。

風船のように、私の身体は喜びで膨れ上がります。

やりました！

ついに、鈴香ちゃんを抜いたのです！

嬉しくてたまらず、菜摘の背負っている教材の沢山詰まったリュックサックを、バンバンと叩きました。

「やった！　ついに鈴香ちゃんを見返してやれたじゃん！　鈴香ちゃん、どんな顔してた？」

「わかんない。見てない」

「なんでー!?　じっくり見てやればよかったのに！　なっちゃんのこと、ずっとバカにしてた子だよ？　ざまあみろって、笑ってやればよかったのに！　ママは気持ちいいわー。頑張ったね、なっちゃん！　ホント、なっちゃんはママの誇りだわ。ママの子がなっちゃんで、本当に良かった！」

私は肩程の高さにある菜摘の頭を抱きしめました。

赤ちゃんの頃、寝返りも、ハイハイも、歩くのも、標準より遅かった菜摘。そして、全てに於《お》いて、標準を上回っていた鈴香ちゃん。

幼稚園でも、クラスで一番に自転車に乗れたのは鈴香ちゃんでした。そこからみんなで競うように自転車の練習を始め、ドンドン乗れるようになっていく中、菜摘は怖がっていつまでも乗れませんでした。集まれば自然と自転車中心になってしまい、菜摘はみんなと遊ぶことも出来なくなってしまいました。

寂しくて、菜摘は泣きました。そんな菜摘が可哀そうで、私も一緒に泣きました。私も、可哀そうでした。自転車に乗れない菜摘に同情するみんなの視線が辛くて、情けなくて。みんなの前では笑いながら、家では泣いてばかりいました。

何で菜摘はこんなに出来ないのか。私の子育ては、そんなにダメなのか。私自身、まともな子育ても出来ない程劣悪な人間だったのか。

出口の見つからないトンネルの中を、菜摘と二人で泣きながら歩いているような毎日でした。

苦しかった。本当に、苦しかった。

でも今は、こう思います。

あの子供時代は、麗香さんが、鈴香ちゃんがトップでいられるように作り上げていた世界に、組み込まれていただけだった。鈴香ちゃんが優れているところばかり見せつけられていたから、余計な劣等感を植え付けられてしまっただけだったのです。

でも、今の菜摘は。自分自身を存分に伸ばせる場所に置いたら、こんなに目覚ましく成長していくのです。

鈴香ちゃんなんて、簡単に追い抜けるくらいに。

こんなに、こんなに菜摘は、素晴らしい子だったのです。

私達は、麗香さんと鈴香ちゃんに、子供時代を台無しにされていたのです。

でもそれも、今までのお話。

麗香さんが描き続けた、鈴香ちゃんをヒロインにした物語は、もうここでジ・エンドです。

これからは、菜摘にヒロイン交代です。

麗香さんと鈴香ちゃんは、どれだけ悔しがっているでしょう。

麗香さんは今回のテストの結果を知って、きっと腸《はらわた》が煮えくり返っていることでしょう。あの上品で美しい顔を醜く歪ませ、私達には決して聞かせないようなドスの利いた低い声で、鈴香ちゃんを口汚く罵るに違いありません。

『あんな子に負けるなんて、バカじゃないの!?』

『ママの面目、丸潰れじゃない!!』

『あんたのせいで、ママは良子さんに負けたのよ!!』

ああ、そう。

私が勝ったということは、麗香さんは負けたのです。

私に。

あれだけ見下して、バカにしていた、私に。

愉快です。嬉しくて嬉しくて、堪りません。

こんなに嬉しかったことは、今まであったでしょうか。思い出そうとしますが、何も思い当たりません。主人にプロポーズされた時も、菜摘が生まれた時も、ここまでの喜びはありませんでした。

ああもう、本当に嬉しい。

最高の達成感です。

私は大きく息を吸って、空を見上げました。

夜空にポツポツと浮かぶ小さな星々の光までもが、私を祝福してくれているように見えました。

身体に漲《みなぎ》る幸福感が、自信に変わります。

私達は、もっともっと上に行く。

誰も到達出来なかった、最高の景色の広がるところまで……そしてあの母子は、そんな輝かしい私達の姿を、指をくわえて見るのです！

七月八日

成績順で座る塾の席は、菜摘が一番前の真ん中を独占するようになりました。

「何を着て行こうかな〜」

私はクローゼットを開き、服を数着取り出しました。三十も半ばを過ぎたオバサンです。今まではすぐ大きくなる菜摘の服ばかり買って、自分のものは疎《おろそ》かになりがちでしたが、最近は私自身の見た目も気にするようになりました。

何といっても、難関クラストップの子供の母親なのです。

シルエットが合わなくなった若い頃のワンピースや、アウトレットで買った型落ちのスカートばかりでは、菜摘に申し訳がありません。とは言え塾のために節約を続けている中、デパートで買えるような余裕など到底ないのも事実です。そこで、毎月家計から残ったお金を貯《た》めたヘソクリで、ショッピングモールで買ったブラウスとスカートをコーディネートしてみました。白いブラウスとベージュのひざ丈のフレアスカートは、夏らしい軽やかさと清潔感があり、賢い子のお母さんにピッタリです。

これなら、麗香さんにも見劣りすることはないでしょう。

まあ、多少見劣りしても、構いません。

何と言っても、うちの菜摘は鈴香ちゃんを抜いて、今はAクラスのトップにずっと君臨しているのですから。

誇ることはあっても、恥ずかしいところなど、何一つありません。むしろ恥ずかしいのは、麗香さんの方でしょう。菜摘に負けた娘の母のくせにお洒落なんかしても、虚《むな》しくなるだけではないでしょうか。

いくら着飾ったところで、娘はたかが二番手に過ぎないのです。

思わず笑みが零れます。私は鏡に映る自分に頷き、着替えを始めました。

今日は才能館で、夏期講習についての保護者会があるのです。

四教科の講師の先生方から、夏期講習の授業の進め方や宿題についての説明をされます。まだ入試本番までは時間があるにしても、基礎を固める大事な五年生の夏期講習です。きっと沢山の保護者が集まるでしょう。

何十人もいる中でも、トップの子供の保護者は、私一人なのです。

麗香さんは、一体どんな目で、私を見るでしょう。

きっと無視してくる筈です。でもその目の端で、私を捉えて放さないに違いありません。

嫉妬と憎悪の炎を、目にたぎらせて。

簡単に想像出来ます。あの人は、そういう人なのです。見栄ばかり張る、薄っぺらな人。だから誰か見下す人間がいないと、自分を保てないのです。そんな人の恨みつらみなど、怖くもなんともありません。ザクザクと突き刺さる憎しみの視線など、今となっては快感に他なりません。

着替えを済ませ、メイクもして、私はクローゼットの鏡の前で背筋を伸ばしました。自信に満ちた目が、キラキラしています。

気持ちいい。

私は満ち足りた気分で鏡の中の自分に微笑み、「行ってきます」と言って、クローゼットを閉めました。

保護者会はまたクラス別で行われました。

Aクラスの保護者会は二回ほど参加したことがありましたが、以前とは若干顔ぶれが変わっているようでした。そして、その中に、麗香さんの姿がありません。

「なんか、少しメンバーが変わってますよね？」

隣の席に座った保護者に、声を掛けます。確か立川《たちかわ》君という筑駒を第一志望に考えている男の子のお母さんです。立川君のお母さんは、ちょっと周囲を見渡して、「ホントですね」と言いました。

「息子の話だと、結構クラス落ちした子がいたそうですよ。この間の公開模試で」

「あら」

「五年生も、これからが難しくなるそうですからね。六年生より、学習内容が増える五年生の後期の方が、大変という話ですよ。算数は難しくなるし、社会はまだ学校でやっていない歴史に入りますしね。理科も今までの生物や地学みたいな暗記でなんとかなる単元が終わって、物理や化学といった深い考察力が必要なものになるそうだし。難関クラスだと本当にレベルが高くなるから、ついて来られそうにない生徒は、今のうちにクラスを下げておいたんじゃないかしら」

　そう言って、立川君のお母さんは、フフッと笑いました。

「可哀そうですよね」

　立川君は、いつもトップ争いに絡んでくる優秀なお子さんです。難関クラスで存分に揉《も》まれ、これからもまだまだ高みへと昇って行けるという余裕が、お母さんからも滲み出ています。

「本当に」

私も、立川君のお母さんと同じ笑みをこぼしました。優秀な子供を持つ親だけが許された笑みでした。

「すみません、お待たせしました」

開始時間を二分程過ぎたところで、室長先生がご挨拶に見えました。他のクラスはスタッフが挨拶をしますが、Ａクラスは室長先生がなさいます。扉が閉められたことで、もう参加者が全員揃ったのだと分かりました。

麗香さんが、いないまま。

ドキン、と、胸が高鳴ります。

鈴香ちゃんの教育のためなら、何をおいても出席する筈の麗香さんが、いない。

「あら？　鈴香ちゃんのお母さん、見えてないわね」

立川君のお母さんが言いました。

「どうしたのかしら」

「……本当に」

答えながら、私は両腕を交差して、押さえるようにかき抱きました。そうでもしないと、ドクドクと高鳴る鼓動で、身体が揺れてきそうだったのです。

麗香さんが、来ない。

もうそのことで頭はいっぱいになり、私の耳には先生方のお話など、入ってきませんでした。


保護者会が終わり、私は室長先生の姿を探しました。窓際に見つけた室長先生は深刻そうに眉根を寄せ、向かい合っている保護者は泣きそうな顔をしています。

「また偏差値が下がって……」「こっそりゲームを……」「嘘ばかりついて……」零れ聞こえてくる言葉は、出来の悪い子供の愚痴ばかりです。私は思わず、可哀そうにと同情しました。そんな子供、育てるのは本当に甲斐《かい》の無い、つまらないことでしょう。

少し離れたところで話が終わるのを待っていると、室長先生が私に気付いてくださいました。そしてまだ愚痴り足りなそうな保護者に「じゃあ、私の方からも、ケンイチ君には言っておきますから」と話を切り上げ、それまでの深刻そうな表情から打って変わった笑顔で、こちらに歩み寄ってきました。

「飯野さん。前回のテストも、菜摘くん頑張りましたね」

「ありがとうございます。先生方のご指導のお陰です」

「いやいや。菜摘くんの力ですよ。僕が思った以上の塾生です。これだけ期待に応えてくれるなんて、本当に力強い。素晴らしいですよ」

興奮気味の室長先生の大きな声に、先ほどの保護者が私達の方を見ました。その、羨ましそうな、妬ましそうな眼。胸がすうっとします。無意識に背筋を伸ばし、私は笑顔で「ありがとうございます」と言いました。

「それで先生、ちょっと伺いたいことがあるんですけど」

先ほどの保護者は、こちらを見たまままだ帰りません。室長先生に覚えのめでたい私がどんな話をするのか、盗み聞きをしたいのでしょうか。注目される優越感と共に少し鬱陶しさも覚え、私は声を潜めました。そこに室長先生は敏感に反応し、心配そうな眼で同じく声を潜めます。

「どうしました？　菜摘くんに、何かありましたか？」

塾でも屈指の優秀な生徒に何かあったら大ごとなのでしょう。先生が少し慌てた様子で訊いてきたので、私は笑って手を振りました。

「いえ、菜摘じゃなくて……小宮さん、なんですけど」

「ああ、鈴香くん」

先生の顔に、安堵の表情が広がります。

「今日、お母様がいらしていなかったみたいなので。どうしたのかなと思って」

「ああ」

実は鈴香くん、クラスが下がったんですよ。そうおっしゃると思った先生の口から出たのは、思いがけない言葉でした。

「やめたんですよ、鈴香くん」

「えっ」

驚く私に、同じように驚いた表情を、室長先生は見せました。

「あれ。でも、なんでご存じないんですか？　菜摘くんと鈴香くん、友達でしたよね？」

「そうですけど……やっぱり、元通りの仲良しには戻れていなかったみたいで」

「そうかあ。まあ、まだ十歳や十一歳の子供ですからね。気持ちを切り替えるとか、悔しさをバネにするとか、大人のように行かないところがありますね」

「なんで、やめたんですか？」

「いや。理由はおっしゃらなくて。まあ、最近勉強に身が入らなかったのか、直近のテストでは成績が下がって来ていましたからねえ。モチベーションが保てなくなったのかな。ずいぶん引き留めたんですけど、聞く耳持たれなくて。まあ、伸びしろが無くなってきたらキツいですからね。まったく残念ですけど」

そうでしょう。そうに違いありません。

小さい頃は、分からないものです。「出来る」「出来ない」が、本当に能力が「高い」からなのか、ただ成長が「早い」だけに過ぎないのか。

鈴香ちゃんは、単なる「早い子」に過ぎなかったのです。

「高い子」の菜摘に追い上げられ、なす術もなく追い越されることが、あの麗香さんに耐えられる訳がないのです。

ああ、ついに。

ついに……！

「分かりました。ありがとうございました」

「菜摘くんは、大丈夫ですか？　何も、問題は？」

「大丈夫です。鈴香ちゃんがやめた分、菜摘に頑張らせますね。才能館の合格実績を伸ばせるように」

「ありがとうございます。期待してますよ」

笑顔の室長先生に会釈をして、私は才能館を出ました。階段を降りると、先ほどの保護者が塾ママ友達とお喋りをしています。私に気付き、何かみんなでヒソヒソと話をしているようですが、そんなことは気にもなりません。それくらい、頭の中は興奮で一杯になっていました。

完全勝利。

私と菜摘が、麗香さんと鈴香ちゃんに。

やりました。

大きな声でブラボーと叫びたくなる衝動を、必死に抑えました。お腹の底から喜びが泉のように湧き上がって来て、身体が爆発しそうです。

ついに、勝ったのです。

いえ。というより、負けたのです。麗香さんが、私に。

私達に負けて、尻尾を巻いて逃げだしたのです。

どんな顔をして、才能館にやめる電話をかけたのでしょう。その声は、震えていたのでしょうか。悔しさで。腹立たしさで。高みへと凄まじい勢いで駆け上がっていく菜摘を横目で見ながら、ズルズルとなす術もなく落ちていく自分の娘に、どのような声を掛けたのでしょう。所詮は張りぼてに過ぎなかった娘を過大評価し、自慢し、自分自身の価値も高いと思い込んでいた麗香さん。

なんて、みっともない。

つい、喉の奥からクッと笑いが漏れます。

自分のみっともなさに気付いた時、麗香さんはどう思ったのでしょう。辛いでしょう。苦しいでしょう。

麗香さんの苦痛に歪んだ顔を想像すると、心に爽やかな風が、さあっと吹き抜けるようです。甘やかな幸福が、満ちてきます。

菜摘を中学受験させることにして、良かった。

本当に本当に、心の奥底からそう思います。

七月二十一日

夏休みに入り、夏期講習が始まりました。

五年生の夏期講習は、夏休み一杯通塾する六年生ほどハードではありませんが、それでも夏休み四十日中二十日間、昼一時半から夜七時までという、学校並みに長い拘束時間の中で勉強に励みます。まだ五年生なのにそんなに勉強するの？　と思われるかもしれませんが、ここで完璧に基礎を叩きこんでおけるか否かで、六年生になってからの受験に特化した勉強について行けるかどうかが決まるのです。中学受験をするにあたっては、学年ごとにやるべきことが決まっていて、それをその都度完璧にこなせる子供だけが、先に待ち受けている受験の成功者となりうるのです。

一時半に才能館に行かせるために、十二時前には昼食を摂らせます。太陽が照り付ける中、やかましいほどの蟬時雨《せみしぐれ》が、閉め切った部屋の中まで聞こえて来ます。毎年電気代を節約するために、午前中は窓を開けて扇風機を回すことで凌《しの》いでいた暑さですが、今年は菜摘の学習環境を考えて、一日中エアコンを利かせています。けれども、身体を冷やし過ぎてはいけません。お昼ごはんは、肉と野菜を沢山入れた焼きそばにしようと思いました。脳を活性化させる炭水化物も、たんぱく質もビタミンも、沢山摂れるメニューです。

そろそろお昼を作ろうと思い、私は菜摘に声を掛けました。

「なっちゃん。お昼作るから、食べたらすぐ才能館に行けるように、準備しなさいよ」

キッチンでフライパンを出す私の耳に、菜摘の返事が聞こえません。いつもであれば、「はい」とすぐ返事をするのに。

リビングの勉強机を見ると、菜摘は机に顔を押し付けるようにして、うずくまっていました。

「なっちゃん？」

やはり菜摘は返事をしません。何をしているのでしょう。お昼ごはんまでは勉強と決めてあるのに。

「どうしたの？　何してるの？」

私が歩み寄ると、菜摘は机に付けた顔から、真っ赤に染まったティッシュを出しました。

「……鼻血、出た……」

ここの所、寝食以外の全てを勉強に費やしているので、髪を切る時間すら取れません。伸び放題になっている前髪で表情がよく見えませんが、顔色が青ざめているのは分かりました。

「鼻血？　いつから？」

「さっきから……全然、止まんなくて……鼻血は、下向いたらいいって聞いたから……」

「さっきから？　さっきから、ずっと？　ずっとその格好してたの？　勉強しないで？」

思わず頭がカアッと熱くなりました。こんなことで、一体何分無駄にしたのでしょう。大事な、大事な勉強時間を、鼻血なんかで。

私はバッ、バッとティッシュを何枚も引き抜き、菜摘に渡しました。

「これを鼻の穴に入れて、押さえておきなさい！　それで、早く手と顔に付いた血を洗って！　何やってんの、もう……塾に行く前にやらなきゃいけない算数の強化問題、ちゃんと予定通りに進んでるの？」

「うん……なんとか、それは……」

「予定の所までやったんなら、もっと先までやろうって欲出さなきゃダメじゃない！

みんな少しでも上に行くために、必死になってるんだよ！　鼻血なんて出してのんびり休んでる時間、無いんだよ！　まだそういうこと、分かってないの⁉」

私の言葉に、菜摘は自分の今すべきことを思い出したのでしょう。すぐ洗面所に行き手を洗い、また勉強に戻りました。止まらない鼻血は何度もティッシュを替えることで抑え、勉強への支障もなくなったようです。

その様子に一安心し、私は「じゃ、お昼作るからね」と、声をかけました。

鈴香ちゃんがいなくなったからといって、気を抜かれては困ります。鈴香ちゃんが落ちこぼれた後、しっかり菜摘が四葉に受からないと、何も意味が無いではありませんか。

キッチンに行きかけて、菜摘を振り返りました。カリカリと鉛筆を走らせ、いつも通り一心不乱に問題を解く後ろ姿に私は満足して、大きく頷きました。

六年生の夏休みだけが、受験の天王山ではありません。

中学受験を決めた以上、いつだって天王山です。

八月三十日

ああ……。

もう、言葉がありません。

夏期講習中のテストでも、菜摘は大きな伸びを見せました。

朝から晩まで受験勉強に特化できる大事な時期なので、一日中塾と家で机に向かいました。

その結果。

才能館では、全国模試を受けた八千人余りの内、上位二百人の名前を載せた冊子を作り、塾生全員に配布します。そのうち上位十人は、才能館の最高峰として、名前が表紙に特別大きく記載されます。

ついにそこに、菜摘の名前が載ったのです。

全国八位でした。

うちの子は、全国で十本の指に入る天才。

そして私は、天才を育てあげた母親。
もう、「誰だっけ」なんて言わせない。
もう、「あんなお宅」なんて言わせない。
私達は、ただひたすら高みを目指して努力してきた。
苦しく辛い時間を、歯を食いしばって頑張ってきた。
たったひとつ、子供の、菜摘の幸せのために。
輝かしい未来に辿り着いた栄光の私達を、もう誰にもバカにさせたりしない。

九月七日

幸せって、一体、何なんでしょう。

長かった夏休みが終わり、今日は学校の保護者会でした。

私は日本有数の優秀な子の母として参加することに、胸がワクワクしていました。まだまだ翳《かげ》りの見えない暑さの厳しい昼下がり、自転車で受ける風が汗を冷やして気持ちがいい。でも駐輪場のある小学校の裏庭は強い日差しが目も眩む白さで照り付け、あっという間に汗だくに戻ります。とめどなく流れる汗を拭きながら自転車を停めていると、少し離れた所から声を掛けられました。

「あの、飯野さん……ですか?」

首から掛けた保護者証を見たのでしょう。知らないお母さんが、おずおずと私の方に寄ってきました。艶のない白髪混じりの長い髪を一つに束ね、白いブラウスに野暮ったい紺色のスカートを合わせています。印象の薄い見るからに地味なその姿に、私は何故だかイラッとしました。

「……そうですけど？」

「あの、私、近藤《こんどう》さつきの母です。音楽クラブで、菜摘ちゃんと仲良くしていただいてるそうで」

さつき、という名前と、その地味な顔立ちから、以前菜摘と一緒にいた〈さっちゃん〉という友達を思い出しました。知性のまるで感じられない、山猿のような女の子。まだあんな子と仲良くしてたのか……イライラが募ります。あんな子と付き合っても、なんのメリットも無いでしょうに。帰ったら、もう付き合うなと言い渡さないと。

私のそんな思いなど当然知る由もない近藤さつきの母は、弱々しい笑みを浮かべながら話を続けます。

「あの、それで、うちのさつきが、菜摘ちゃんのことを、すごく心配していて……お母さん、ご存じかなって思って」

「心配？」

「最近、元気ないそうなんです。前はよく一緒に校庭で一輪車に乗ったり鉄棒したりして遊んでいたそうなんですけど、夏休みも全然プールに来なかったし、新学期が始まってからはずっと俯いてて髪も伸びっ放しだから顔もよく見えなくて、話しかけても声が弱々しくて、大丈夫なのかなって……」

「……お宅に、なんの関係があります？」

イライラが噴き出すように、強い口調になりました。向ける眼差しもきついものだったのでしょう。近藤母はたじろいだように口ごもりました。

「関係って……」

「なんか誤解しているみたいですけど、うちの娘は元気ですよ。その証拠に、今回の塾の全国模試で、八位になりました。夏休みのプールに行かなかったのは、受験勉強が忙しかったからです。新学期になってからも、毎日学校にも塾にも通っています。それって元気な証拠じゃないですか？　違いますか？」

「……いえ」

言葉を失ったのでしょう。私は黙って俯いた近藤母に、「余計な心配ご無用と、お子さんにお伝えください」と言いました。

「……すみません……」

蚊の鳴くような声で言うと、近藤母はのっそりと校舎の中に入って行きました。

その後ろ姿にも、妙にイラつきます。

せっかく手に入れた輝かしい気持ちが、近藤母のせいで汚されたように感じました。

菜摘が変？

元気がない？

何バカなことを。

あんなに素晴らしい子が、そんな訳ないじゃない。

おかしいのは、あんたんちの子だよ。

あの山猿、二度と菜摘に近付けないで。

心の中で吐き捨てるように言い、自転車のかごからトートバッグを取り出しました。

その時、知っている顔が続々とやって来ました。

「あ、飯野さん！　見たよー、なっちゃん！　全国八位、すごいね！」

エリちゃんママとマキちゃんママです。

すると、

「うちも見た！　すごいね、なっちゃん！」

「あれに載ること自体、どこの世界の話って感じなのにね～！　表紙に載っちゃう子がこんなに身近にいるなんて、マジびっくりだよ～！」

駐輪場のあちこちで、普段あまり話さない塾ママ達からも、声を掛けられます。

そうそう、こういう言葉こそ、今の私達には相応《ふさわ》しいのです。

「いや～、まぐれよ～。あの回は、たまたま得意な単元ばかりだっただけ」

私は嫌味にならないように気を付けながら、笑顔で謙遜しました。成績が優秀な子は妬まれがちなので、ここで上手く立ち回らないと、長い受験生活が針の筵《むしろ》になるのが目に見えています。

それに、ここで謙遜すれば、みんな「そんなことないよ〜」と、なおさら大きな声で褒めたたえてくれます。出来るだけ大きな声で、菜摘の優秀さを賞賛して欲しい。

麗香さんの耳に、届くように。

聞きたくなくても、耳を塞いでも、指の隙間から漏れ聞こえてしまうほど大きな声で、菜摘への賛辞を叫んで欲しい。

菜摘への止まない賞賛を浴びながら、私は教室に入りました。

会議が出来るような形に並べ替えられた机の上に、自分の子供の席に座れるよう名札が立てられています。先に来ていたお母さん達でポツポツ席が埋まる中、「小宮」の名札を探しました。

麗香さんは、どこに座るのでしょう。

私に近いといい。

少しでも大きな声で、菜摘への賛美の言葉が、麗香さんの耳に届くといい。

主役交代を、思い知るがいい。

夏の名残の白い光が注ぎ込む窓側、ひんやりとした陰に沈む廊下側、ロッカーの近くの狭苦しい後ろ側……私は視線を何往復もさせました。でも。

ありません。

「小宮」の、名札が。

「……ねえ、鈴香ちゃんの席って……」

「鈴香ちゃん？　鈴香ちゃんなら転校したって、マキが言ってたわよ」

私はマキちゃんママの方を見ました。驚き過ぎて、声が出ません。

転校。

鈴香ちゃんが。

他のお母さん達は、知っていたのでしょう。口々に子供から聞いた話をし始めます。

「うん。エリも言ってた。二学期から来てないって。転校って言っても、引っ越してはいないらしいのよね」

「そうそう。先生からは、『おうちの都合で転校しました』って話があっただけって」

「でもさ。転校って、普通はけっこう前に公表して、お別れ会とかさ、するもんじゃない？　前に引っ越したレイナちゃんなんて、クラスですごい盛大なお別れ会開いて、レイナちゃんからもクラスのみんなにお別れにってノートをプレゼントしてくれて。

確か保護者のクラス委員からも、レイナちゃんにプレゼントあげたよね？　プレゼント代クラス費から出すからって、確認の連絡来たじゃん？」

「ああ、そうそう。確かえっと、ミニアルバムだっけ？　あげたんだよね？」

「何だろうね、家の都合って。何があるにしても、前もってみんなに言って、お別れ会くらい開かせてあげても良かったのにね」

皆の言葉が、私の視野をクリアにしていきます。磨き上げられ、全ての輪郭がはっきりした今、見えた世界。

私はついに、険しかった山の頂上に到達したのです。

理由なんて、分かっています。

もう、菜摘の近くにいたくない。そういうことです。

鈴香ちゃんが泣いて転校を頼んだのでしょうか。それとも、麗香さんが屈辱に耐えかねたのでしょうか。さすがにあの立派なマンションから引っ越すことまでは出来なかったのでしょうが、もう菜摘の側にいられない程の精神状態に陥ったということなのです。

麗香さんが逃げ去った世界。

ここは、なんという良い景色なのでしょう。

完膚《かんぷ》なきまでに打ちのめされた麗香さんを想う、ここは。

「本当に、可哀そうよね、鈴香ちゃん」

私は、気の毒そうな声で言いました。

心の底から哀れで、可哀そうで、堪りません。もっともっと憐れんであげましょう。

謝ってあげてもいいです。

ごめんね、麗香さん。

うちの菜摘が、こんなに優秀になっちゃって。

あなたの望んだような、鈴香ちゃんを引き立ててあげられる子じゃなくなっちゃって。逆に、鈴香ちゃんのメッキを剝ぐようなことになってしまって。

本当に、本当にごめんなさいね。


保護者会は、四時過ぎに終わりました。

「ねえ、ちょっとお茶していかない？」

「いいよー。うち、子供には自分で塾に行くように言って来たから」

「うちも。飯野さんも、行かない？」

駐輪場から自転車を出しながらみんなが和気あいあいとお喋りしている中、私は悲しい顔をして首を振りました。

「わー、行きたいけどごめん。お弁当作んないと」

「あー、Aだもんね。頑張ってね、お弁当作りも、なっちゃんも」

気のいい笑顔を見せ、みんなは自転車で学校を出て行きました。もう菜摘ほど優秀になると、彼女たちにとっては妬みの対象にもならないのでしょう。

今回のみんなのお茶のお供は、菜摘ではなく鈴香ちゃんに違いありません。

謎の転校をした、鈴香ちゃん。

いつもみんなの中心にいたのに、まるで消しゴムをかけられてしまったかのように姿を消した、麗香さん。

引っ越してはいない、という話でした。

麗香さんのマンションは、小学校からは五分程です。

まだ昼間のように強い光に満ちている空ですが、さっきみんなに言ったように、もう急いで帰ってお弁当を作らないといけない時間です。

でも私は、家の方角とは違う上り坂に自転車を向け、ペダルを踏み込みました。

私の自転車は電動アシストが付いていないので、立ちこぎをしないと坂道を上るだけの力が入りません。グイ、グイ、と力を込めてこぎます。それだけで、すでに残暑の熱気に包まれた身体中から、汗が噴き出してきます。

それでも、私は丘の上を目指しました。

麗香さんの、マンションを。

本当は実の無い娘しか持てなかったなんて、あの豪華なマンションも、贅沢《ぜいたく》な部屋も、なんと空虚なことでしょう。

本当に、本当に可哀そうな麗香さん。

同情の言葉が頭に浮かぶごとに、口元に笑みが零れてきます。

麗香さんへの憐れみの気持ちは、私の中の幸福感の餌になっているようです。

可哀そうな、可哀そうな、可哀そうな麗香さん……！

グングンと自転車をこいで行くと、ガラス張りの豪華な建物……麗香さんのマンションが見えてきました。それに勢いづき、スピードを速めます。するとマンションの前に、白い大きなベンツが停まっているのが目に入りました。

ハッとしました。

ナンバープレートは4－23……鈴香ちゃんのお誕生日。麗香さんのベンツです。

胸がドクドクと高鳴ります。

麗香さんは乗っているのでしょうか。鈴香ちゃんは？　私がいることに気が付いたら、二人はどんな顔をするでしょう。

考えただけで、ワクワクしてきます。

早く出て来い、麗香。

私の顔を、見ろ。

優秀な菜摘の母である、私の顔を。

そして出来の悪い娘を持った自分の顔を、私に見せろ。悔しさで歪んだ顔を。惨めでたまらない、屈辱にまみれた顔を。

早く、見せろ。

カチャ、と音が鳴り、運転席のドアが開きました。心臓の音が速まり、身体が揺れているように感じます。興奮で喉がカラカラです。

出て来い、麗香……！

私の心の声に応えるように、麗香さんが姿を現しました。

紺色のワンピースに、大ぶりな真珠のネックレスを合わせています。一見地味な装いですが、ハイブランドらしい仕立ての良さのせいか、とても華やかな空気を醸し出しています。

私は、息を呑みました。

そうなのです。麗香さんには、普通の人は持ちえない、他を圧倒するオーラがあるのです。思わず振り返るほどの美しさと、洗練された装いだけではなく、思わず心が支配されてしまう、支配されることを望んでしまうようなカリスマ性が、その細い身体から溢れています。

……違う。

そのオーラに霞《かす》みかけた自分を、すぐに立て直します。

これは見せかけのはったりだということを忘れるところでした。

オーラなどといった得体の知れないもの、恐れることはないのです。所詮は雰囲気、空気に過ぎません。

私には、実がある。菜摘という優秀な娘を育てている母であるという、実が。

麗香さんのオーラも、自慢の娘の鈴香ちゃんが金メッキに過ぎなかったのと同じ。吹けば飛ぶような代物に過ぎません。

気持ちを立て直した私は、小さく咳払《せきばら》いをしました。からんでもいない痰《たん》を切るような、乾いた小さな咳でも、夕暮れ時の静かな住宅地に響くのには十分でした。私の咳に、麗香さんの視線がこちらに向きます。私の心臓が大きく鳴ったのと同時に、麗香さんは驚いたように目を見開きました。

私は、自分の身体が光に包まれたのを感じました。

スゥッと溜飲が下がります。

この顔が、見たかった。麗香さんのこの顔が。

私に負けた、この顔。あれだけバカにしていた私から尻尾を巻いて逃げた、一匹のみすぼらしくて惨めな負け犬に成り下がった、この顔が。

心に大きく余裕が広がります。私はゆったりとした笑みを顔に満たし、麗香さんに声を掛けました。

「こんにちは」

自分でもうっとりするほど高貴な声です。

優秀な娘を育てる、優秀な母の声。

「……何をしているの、こんなところで」

麗香さんの声には嫌悪感が滲んでいます。そうでしょう。勝者である私なんかに、会いたくなどなかったでしょう。そのために塾をやめ、学校も転校したのですから。

愉快です。嫌悪感を示されたからといって、このまま帰るつもりなど毛頭ありません。じっくり話をしようと思いました。麗香さんの中の私への嫌悪感を、もっと大きく、深くさせるために。もっともっと、治癒できない程深く、傷つけるために。

私がかつて、麗香さんにされたのと同じくらい。いいえ。もっともっと、もっと、深く、酷く。

「ちょっと、通りかかったから」

私は自転車から降りながら、笑顔で応えました。

「懐かしいなあって、思って。最近、すっかりご無沙汰しているでしょう？　あんなに私達……菜摘と鈴香ちゃんも、仲が良かったのに」

「……ああ」

「今では良い思い出よね。寂しいわ。鈴香ちゃん、塾もやめちゃったし、学校も転校したんでしょう？」

麗香さんの表情の変化を、私は楽しみにしていました。どれくらい瞳は暗く淀むのでしょう。どれくらい表情は歪み、唇を噛みしめ、どのくらいの間をおいて私に背を向けて立ち去るのでしょう。私が以前、麗香さんの前から苦しみに耐えて立ち去ったように、どんな顔で屈辱にまみれて家に逃げ込むのでしょう。

胸を躍らせながら、私は待ちます。

しかし、麗香さんの表情は、眉一つ動きません。美しい造作を一ミリも崩すことなく、私を見つめています。そのまま少しの間を置いて、麗香さんは口を開きました。

「……ありがとう。まさか、あなたが寂しいと言ってくれるとは思わなかったわ」

ありがとう……？

思い掛けない言葉に、私は虚を突かれました。その時、ベンツの後部座席のドアが開く音がしました。

「ママ。まだお話しするなら、先におうちに戻っていていい？」

鈴香ちゃんです。出来そこないの、張りぼて鈴香。

私はまた心が浮き立ちました。

菜摘に負けた鈴香。麗香さんのイライラする声は、すぐに想像出来ました。出来の悪い娘に掛ける言葉。

『うるさい、さっさと入んなさいよ！』

この娘のせいで、麗香さんは私に負けたのです。こんな娘、私の目に触れさせたくなどないに決まっています。

ところが麗香さんは、ふわりと瞳の色を和らげ、「ええ、いいわよ」と言いました。

そして、続けました。

「そうだ。あなたからも、なっちゃんのお母さんにご挨拶なさい。寂しいって、言って下さってるから。今まで仲良くして下さって、ありがとうございました、って」

麗香さんが言うと、ベンツの中から鈴香ちゃんが現れました。

その鈴香ちゃんの姿を見て、息が止まりました。

鈴香ちゃんは、白い身頃に紺色のスカートの、夏のセーラー服に身を包んでいました。スカートと同じ紺色のカラーと袖口には白いラインが一本入り、胸元には四葉のクローバーがモチーフになったエンブレムが付いています。

四葉学院の、エンブレム。

「今まで、ありがとうございました」

鈴香ちゃんが真っ直ぐ綺麗なお辞儀をすると、三ツ編みに編んだ髪が前に垂れ下がりました。

肩より長い髪は、三ツ編みに。

呆然とする頭に、以前読んだ学校パンフレットの学校生活コーナーが浮かびます。憧れて憧れて、覚えるほど読み込んだ学校パンフレットに書かれていた校則……。

「鈴香、四葉の小学校にご縁をいただいたのよ」

麗香さんはそう言うと、優しく鈴香ちゃんの頭を撫でました。

「小学校……？」

「ええ。鈴香の学年で、海外赴任するおうちのお子さんがいらして。一人欠員が出たそうでね。以前通っていた幼児教室の先生が、ご連絡くださったの。それで夏休み前に編入試験受けて。二十人以上受けたそうなのよ。倍率二十倍」

「受かったのは、ラッキーでした」

「違うわ、あなたの実力よ。本当に、素晴らしい子」

謙遜して笑う鈴香ちゃんを、愛おしくてたまらない様子で麗香さんは見つめます。

私の目の前は真っ白になっていました。

これは、どういうことでしょう。

鈴香ちゃんは、菜摘に負けた筈。麗香さんは、私に負けた筈。

それなのに、すでに四葉学院に入っているとは、あの憧れのセーラー服に身を包んでいるとは、一体どういうことでしょう。

全身から力が抜けて行きます。思わず自転車に身体を預けると、麗香さんはさも心配そうに「あら、大丈夫？」と、私の方に歩み寄ろうとしました。

「……何でもないわ」

何とか足に力を入れます。

「そう？　疲れが出たんじゃない？　汗もすごいわよ。まあ、仕方ないわね。中学受験は、母親も大変だもの」

　たっぷりの同情を込めて、麗香さんは言いました。

「なっちゃんも、すごく頑張っているんでしょう？　鈴香が言ってた。才能館の最後の方、鈴香はもう四葉に入ることが決まってたからテストも適当に力抜いてて……それで先生から注意されたりもしてたんだけどね。でもそんな感じだったから、なおさらなっちゃんが必死に勉強してしんどそうだったのが分かったみたいで」

　麗香さんの言葉に、鈴香ちゃんが深刻そうな顔で頷きます。それを見た麗香さんは、今度はひどく心配そうに続けました。

「ねえ、あんまり無理させちゃ、可哀そうよ。今から本格的に頑張らせたら、入試本番まで持たないかもしれないから、気を付けないと。入試直前になって成績が失速する子、よく聞くもの。ほどほどが一番よ。うちみたいに、ね」

「ママ、もう行っていい？　さっき買った本、早く読みたいの」

「ああ、そうよね。いいわよ。やっと受験に出るとか気にしないで、好きな本が読めるようになったんですものね」

　麗香さんの言葉に頷き、鈴香ちゃんはベンツの後部座席から沢山の本が入った書店の手提げ袋を重そうに取り出し、私に「さようなら」と一礼すると、マンションに入って行きました。

四葉学院のセーラー服には、後ろ襟にも四葉のクローバーの刺しゅうが入っていることを、鈴香ちゃんの後ろ姿を見て、初めて知りました。

知らなかった、今まで。

私は、何も。

何一つ、知らなかった。

私の中から、今まで満ちていた全てが、風船から空気が抜けて行くように失われ萎《しぼ》んでいきます。

「本当に、素晴らしい学校よ、四葉は。小学校からご縁がいただけて、心の底から良かったと思うわ」

豊かな笑みを浮かべて、麗香さんは言いました。

「同じ価値観のおうちのお子さんが集まっているからかしら。みんなおっとりしていて、それでいて個性を伸ばそうという教育でね。伸び伸びとしているの。この環境に鈴香を置かせていただいて改めて、中学受験って熾烈《しれつ》で残酷だなあって、しみじみ思ったわ」

「……え」

「まだまだ遊びたい盛りの子供に無理矢理机に向かわせて、協調性を育まなくてはいけない時に周りはみんなライバルだという意識を植え付けてね。あのまま鈴香をあの環境に置いておいたら、きっと人間的にも荒《すさ》み切って、ギスギスしたイヤな女の子になってしまっていたわ。女の子はやっぱり、穏やかで優しくないと、よい結婚のご縁にも恵まれなくなってしまうものね。何度も言うけど、良子さんもなっちゃんに気を付けてあげないと。取り返しのつかないことに、なってしまわないようにね」

「……何を、言ってるの……？」

何も考えられないのに、口が勝手に動きます。

「私と菜摘を中学受験に引き入れたの、麗香さんじゃない」

受験なんて、するつもりなどなかった。元々そんなお金持ちじゃないし、主人だって反対していた。そんな我が家を中学受験に向かわせたのは、麗香さんが勧めたからではありませんか。麗香さんが勧めなければ、菜摘に受験させようなんて、夢にも思わなかった。

「麗香さんが、勧めたから……」

「あら」

私の言葉に、麗香さんの目にまた嫌悪の色が浮かびました。

「良子さんの悪い所ね。なんでもすぐ、人のせいにする」

「私は……」

「決めたのは、自分でしょう。自分で責任をお取りになったら？　人を悪者にしないで」

まるで毒虫でも見るような目で私を一瞥し、麗香さんはベンツの運転席に戻りました。

「どいて下さる？　駐車場に入れたいの」

私はマンションの駐車場の入り口に立っていました。麗香さんに言われ、ノロノロと自転車を動かすと、麗香さんのベンツは私の目の前を風のように走り去って、地下の駐車場へと吸い込まれて行きました。

じんわりとした夏の名残の中に、蟬の声が聞こえて来ます。

それを聞きながら、私はぼんやりと自転車にまたがり、こぎ出しました。

菜摘の、塾のお弁当を作らないと。

週に三回、来る日も来る日も作り続けているお弁当。菜摘の勉強を応援するために。

菜摘がテストでいい成績を取って、高い偏差値をキープ出来るように。

全ては、菜摘が鈴香ちゃんに勝つために。

勝った、と、思っていました。鈴香ちゃんを追い越し、鈴香ちゃんがいなくなり、菜摘が完全なる勝利を収めたと思っていました。

知らなかった、だけ。

鈴香ちゃんは私には想像もつかないくらい高い高いステージにいて、知らない間に、四葉合格という最終ゴールに、とっくに到達していたのです。

まぶたが熱くなり、視界がブワリと霞みました。

勝ったと、思っていたのに。

麗香さんと鈴香ちゃんに、私たちが苦しんだのと同じくらいの傷を与え、悔し涙を流させることが出来たと思っていたのに。

やっぱり私は、負けていたのです。

頬に涙がとめどなく流れ落ちます。喉の奥が引き攣《つ》り、嗚咽《おえつ》が上がってくるのを、私は歯を食いしばって抑え込みました。

負けたくない。

こんな負け方、認めたくない。

絶対、中学受験で菜摘を四葉に入れる。今までゴールと考えていたそこを、スタートにすればいいだけです。

四葉で鈴香ちゃんを追い越せばいい。

そこで実力の違いを見せつければいいのです。

そうしたら、中学受験の二年間どころではない。もっと長い、中高合わせた六年間、麗香さんと鈴香ちゃんに、苦しく辛い思いをさせられるのです。

菜摘には、四葉にトップで合格させます。入学してすぐに、鈴香ちゃんにとっての脅威にするのです。中学受験を降りて小学校から編入させるような逃げ道は、もうありません。また追い上げて来る菜摘の足音に六年間、鈴香ちゃんと麗香さんは怯え続けるのです。

泣いている暇などありません。帰ったらすぐ、菜摘に今まで以上の勉強をさせなくてはなりません。

下り坂の自転車は、ブレーキをかけても怖いくらいのスピードが出ていました。私はそのスピードの中、ペダルを踏み込む足に力を入れました。普段は慎重なほうですが、その時は誰かにぶつかるとか事故を起こすとか、危険を顧みる気持ちなど、露ほども心に浮かびませんでした。

とにかく、早く帰らなくては。

早く帰って、菜摘の学力を上げるために出来ることをしなくては。

その一心で、私は薄暮に包まれていく住宅地の中を、猛スピードで走り抜けて行きました。

　玄関を開けると、家の中は真っ暗でした。

　もう塾も始まっている時間です。とっくに塾に行っている菜摘のために、急いでお弁当を作らなくては……私はよそ行きの服のまま、キッチンの電気を点けました。手を洗うために流しに立った時、薄暗いリビングのソファで、何かがもそりと動きました。

「ひっ」

　思わず息を呑みました。思いもよらないことで、身体が固まります。

　泥棒……？　全身が恐怖に包まれますが、すぐにその影が、小さいことに気が付きました。

「なっちゃん……？」

　囁くように声を掛けると、その何かはゆっくりとソファから立ち上がりました。

　細い身体に、顔が隠れるほどボサボサに伸びきった髪……やっぱり、菜摘です。私はホッとしたのと同時に、大変なことに気が付きました。

「なっちゃん……なんで、まだ家にいるの？　もう、塾始まってる時間でしょ？」

私はそう言って、急いで冷凍庫からご飯とブロッコリーを取り出しました。

「ママ待ってたの？　待ってないで塾行きなさいって、言ったでしょ？　早く行きなさい。ママもすぐにお弁当作って、持って行ってあげるから」

「……ママ……お腹、痛い……」

ご飯とブロッコリーを電子レンジに入れます。その間に卵を焼いて、解凍の済んだブロッコリーとウインナーを炒めて……三十分でお弁当を作るための段取りで、頭の中はフル回転です。そんな時の菜摘の弱々しい声に、私は思わず舌打ちをしました。

「今度はお腹？　薬飲んだら大丈夫だから、早く塾行きなさい」

「……飲んだけど、痛いんだよ……治んない……」

「いい加減にしなさいよ！　何甘ったれたこと言ってんの⁉　今日は算数でしょ！　休んだら、分かんなくなっちゃうわよ！　早く行きなさい！」

「……痛いよ……」

菜摘はまたソファに丸くなりました。ずっとそうやっていたのでしょうか。今日学校から帰ってから、ずっと。学校の宿題も、塾の勉強もせずに。

鈴香ちゃんは、一足早く四葉学院に合格したというのに。

お腹の底の方から、巨大な怒りが瞬時に湧き上がりました。火砕流のような怒りの噴出に感情が突き上げられ、私は手にしていたフライパンを、シンクに思い切り叩きつけました。ガンッ、という大きな音に、ビクリと菜摘の背中が反応しました。それでも、菜摘は身体を起こしません。一層背中を丸めて、ソファの上で動かずにいます。

「なっちゃん！　塾に、行きなさい！」

私は怒鳴りつけました。

このまま塾に行かなくては、他の子に後れを取ってしまいます。以前体調を崩して塾を何回か休んだ子が、遅れを取り戻せず勉強へのモチベーションも下がってしまい、そのまま塾も受験もやめたという話を聞いたことがあります。

冗談ではありません。菜摘は優秀な娘なのです。こんなことぐらいで塾を休んで、受験まで台無しになったりしたら……。

『あんまり無理させちゃ、可哀そうよ』

先ほどの麗香さんの言葉が、頭をよぎります。

ここで休んだら、麗香さんに「やっぱり」と笑われる。

「体調崩すまで勉強させたから。可哀そうな、なっちゃん」と。

同情しながら鈴香ちゃんと笑い合う麗香さんが目に浮かびます。

そんなのは、嫌です。絶対、死んでも、麗香さんからそんなことを言われるのは、嫌です。

私はツカツカと菜摘の方に歩み寄りました。そして丸くなっている菜摘の肩を掴み、グイッと起こしました。

「そんなことしてないで、塾に行きなさい！　行けば治る！」

「……いやだ……」

「行きなさい！　早く!!」

「いやだ……行きたく、ないんだ……」

行きたくない……？

私は、菜摘の顔を見つめました。伸びきった髪に隠れて、菜摘の目が見えません。何を考えているのか。行きたくないなんて。塾に、行きたくないなんて。

「……何、何を言ってるの……？」

興奮でしょうか。怒りでしょうか。声が震えます。私の心の内が伝わったのでしょう。菜摘は縮こまるように肩をすくめて、呟くように言いました。

「もう……行きたくない……行っても、意味が無い……」

「何で。だって、受験するんでしょう。そのための塾でしょう。だからあんなに一生懸命勉強して、成績上げて、偏差値も上がって……」

「すず……鈴ちゃんが、いな……い……」

菜摘が、不意にしゃくり上げました。

「鈴ちゃん……鈴ちゃんがいるから……勉強した……鈴ちゃんと仲直りしたいから……あたし、頑張った……でも……鈴ちゃん……塾からも、学校からも……い、いなく……なっちゃっ……」

私は菜摘の肩から手を放しました。すると菜摘は、再びソファで丸くなり、嗚咽をもらして泣き始めました。

突っ伏して泣きじゃくる菜摘の背中を、呆然と見つめます。

なんということでしょう。

菜摘にとって、今でも勉強のモチベーションは、鈴香ちゃんだったのです。

腹の底から、何かが沸々と湧き上がってきます。

どこまで、一体どこまで、あの母子は私達を翻弄すれば気が済むのでしょう。

ここまでやってきた。本当に血反吐を吐くような思いで菜摘は勉強して、私はそんな菜摘を、全てを注ぎ込んでサポートしてきた。

それを、鈴香ちゃんがいなくなったというだけで、白紙に戻したいなんて。

「……あんた、負けるんだよ」

私は全身に膨らんでいく怒りを抑え込むようにして、菜摘に言いました。

「鈴香ちゃん、四葉学院の小学校に編入してたんだよ。だから塾も、学校もやめたんだよ。あの子の中には、あんたなんてもういないの。あいつらは、ママとなっちゃんをこんな苦しい中学受験に引きずり込んでおきながら、早々に抜け出せて良かったなんて言ってるんだよ。もうあの子は、なっちゃんなんていない世界で、楽しく過ごしてるんだよ。なっちゃんだけを、こんなに、こんなに苦しい世界に置き去りにして」

私の言葉に、菜摘は無言でかぶりを振りました。もう聞きたくない、そう言いたいのは分かります。でも私の中からは、抑えきれない程膨らんだ怒りが噴き出し、もはや止めることが出来なくなっていました。

「なっちゃんも、四葉に受からなきゃダメなんだよ！　そうじゃないと、負けたままになるんだよ！　悔しいじゃない！　そんなの、悔しくてやってらんないじゃない!!」

「……いい……」

菜摘の絞り出すような声が、耳に入りました。

「負けるとか……もう、いい……」

「いい訳ないでしょう‼」

私は大きく腕を振り被り、俯いた菜摘の後頭部を思い切り叩きました。バシンッ、という音と共に、菜摘の身体がはずみでソファから転がり落ちます。硬くて重い頭を叩いた掌《てのひら》に、熱い痛みが残ります。

生まれて初めて、菜摘を叩きました。

絶対、何があっても、子供に手を上げる親にだけはならないと、菜摘が生まれた時に決めました。菜摘のことを尊重して、話し合って、分かり合って、理解を深めていく。そういう理想的な親子関係を築いていく子育てをするのだと、心に誓いました。だから菜摘が出来の悪いダメな子の時期でも、菜摘の視点で見て、菜摘の感じ方で感じるように心がけてきたのです。

それなのに、叩いてしまった。親としての、禁を破ってしまった。

でも、もうそんなことは一瞬で頭から消え去っていました。ありとあらゆるものに対する怒りが地底に渦巻くマグマのように熱くたぎり、噴き上がってくるのを、抑えることが出来ませんでした。

床でうずくまる菜摘を、今度は足で蹴りつけました。

「負けていいなんて、ないでしょう！　あんた、そんな情けない子だったの⁉　あんたがそんなんだから、あいつらにバカにされるんじゃない！」

背中を丸めてうずくまる菜摘に、少女時代の私が重なります。

何も秀でたところのない、バカにされることしかなかった私。

違う。変わったのだ。

変われた筈なのだ。

「バカにされたまま終わるなんて、冗談じゃない！　塾に行きなさい！　何もかも、あんたのためなのよ！　なんで分かんないの⁉　あんたのためなの‼　今すぐ、行きなさい！」

「やだ……もう、やだあ……」

「菜摘！」

私は何度も何度も、菜摘を蹴りました。菜摘が立ち上がるまでと思っていたのに、起きません。どれだけ蹴りつけても、菜摘は起きません。

「菜摘！　塾に行きなさい！」

「ママ！　何やってるんだ⁉」

背後から、不意に怒鳴り声が聞こえました。

振り返ると、表情を強張らせた主人が、駆け寄ってくる姿が見えました。

「パパ……」

なんで、主人がいるのでしょう。今は繁忙期で、毎日深夜を過ぎないと帰宅しない主人です。いたらいたで受験に不必要なことばかり口にするので、菜摘の受験勉強に関しては、主人の不在はずっと都合が良かったのに。

「なっちゃん。どうした、なっちゃん？」

ビジネスバッグを持ったまま、主人は私と菜摘の間に割って入りました。その姿にも、怒りが湧き上がります。

「どいて。なっちゃん、今から塾行くんだから」

怒りを帯びた私の声に、主人は振り返りました。

「何言ってるんだ。なっちゃん、お腹が痛いんだぞ。お腹痛いって、俺に電話してきたんだ」

菜摘が連絡した。だから主人は、こんなに早く帰宅したのです。思わず顔が歪みます。

余計なことを。菜摘も、主人も。

「パパ、心配し過ぎ。そんなの、塾に行けば治るのよ」

怒りに任せたまま、私は主人をぐいと押しのけて、菜摘を立たせようとその腕を引っ張りました。

「立ちなさい！　お腹痛いなんて、甘ったれるのもいい加減にしなさいよ！　こうしてる時間、勿体ないと思わないの⁉　あんたがお腹痛いとかグズグズしてる間に、みんなどんどん先に進んで行ってるのよ！　あんた一人が後れ取ってるの、分かんないの⁉　あんた、何考えてるのよ！」

厳しい口調で怒鳴りつけながら、私は摑んだ菜摘の腕を、身体ごと何度も大きく揺さぶりました。それでも、菜摘は反応を示しません。そんな菜摘の姿に、先ほど会った鈴香ちゃんの聡明そうな顔が重なります。

あの子の方が菜摘より優秀なんて、許さない。菜摘の方が、勝っているのに。偏差値だって上だし、塾からの期待も大きいのに。

このまま行けば、菜摘は四葉に行ける。菜摘が四葉に行けば、もう今度こそ、あいつらには逃げ場が無いのです。菜摘が鈴香を追い越し、麗香は屈辱を覚えるでしょう。今度こそ、追い詰められる。屈辱にまみれ、悔しさと恨みで私を睨みつける麗香は、菜摘が四葉に合格して初めて見られるのです。

見たい。そんな麗香を、絶対、何が何でも見たい。

「ホラ、塾に行きなさい！　四葉に合格するのよ！　今度こそ、鈴香にあんたの力を思い知らせてやるの！」

「やめろ！　お前、何言ってるんだ⁉」

「うるさい！　あんたなんか、何も分かってないんだから、口出しするんじゃない！菜摘、立ちなさい！　塾に行きなさい‼」

菜摘を庇おうと、主人が私を押さえつけてきます。それを私は、力任せに振り払いました。

邪魔してくるのは主人であろうと許せません。麗香さんから浴びせられた屈辱を拭い去ることが出来るのは、菜摘だけなのです。私をバカにしきっていた麗香さん。家柄も美しさも、何一つ敵わない私の中で、唯一菜摘だけが、麗香さんに勝つことが出来るものなのです。

勝ちたい。

何が何でも、麗香さんに勝って、彼女を見下してやりたい。私が感じたのと同じ苦しみを、味わわせてやりたいのです。

絶対に。

「菜摘、塾に行け‼」

いつまでたっても立ち上がらない菜摘を、私は思い切り殴りました。

「バカ、いい加減にしろ！」

主人の平手が、私の頬を打ちました。思わず倒れるほどの、男の人の本気の平手打ちでした。

「なっちゃん。なっちゃん、大丈夫か？　なっちゃん……」

倒れ込んだ私をよけるようにして、主人は菜摘を抱き上げ、ボサボサに乱れたその頭を抱きかかえました。

殴られた頬が、ジンジンと熱くなり、痛みが滲み出て来ます。主人に殴られたことで、頭は真っ白になっていました。ぼんやりと思い浮かんできたのは、やはり麗香さんのことでした。

麗香さんも、こんなふうにご主人に叩かれたことがあったのだろうか。

きっと、無いでしょう。ご自身も開成出身という麗香さんのご主人は、中学受験に協力的な方です。小学校受験もさせていたくらいなのですから、おそらく鈴香ちゃんの教育に関して、夫婦の足並みはぴったりと揃っているに違いありません。叩かれるどころか、喧嘩……いいえ、言い争いすらも無いでしょう。

なんで。なんで、うちはこんな……。

痛みと共に、情けなさも大きく募っていきます。手で押さえた熱い頬に涙が零れた時、主人が大きな声を上げました。

「なっちゃん!?」

その声に驚いて見上げると、主人が菜摘の伸びきった前髪をかき上げていました。主人の表情から、何か大変なことが菜摘に起こっていることが分かりました。見開いた主人の目の、驚愕《きょうがく》と狼狽《ろうばい》、そして怯え……。

「な……なっちゃん……どうして……」

ガクガクと震えだした主人の肩越しに、菜摘の顔を覗き込みます。

最初は、よくわかりませんでした。

でも、なんだかおかしいのです。菜摘の顔が。

散々叩かれ、泣いたことで、真っ赤になり涙に濡れそぼった菜摘の顔。見慣れた娘の顔なのに。

なんだか、違う。

ハッと、気付きました。

眉毛が、無い。

菜摘の顔から、眉毛が無くなっているのです。

眉毛だけではありません。まつ毛もありません。穴の中に眼球がはまっているだけ。

まるで木で作られた人形の顔のようです。

背中を、ゾワッと何かが駆け上がりました。

何、これ……何……？

抜毛。

以前、何かで読んだ記事が、頭に蘇りました。

死ぬほど辛くて苦しい感情を、決して表に出ないように胸の奥底に押し殺した末に現れる、代償行為。

気が付かないうちに、一本一本抜いていってしまうのです。

眉毛を、まつ毛を。

苦しい、苦しい感情に、どこにも逃げ場のない袋小路に追い詰められて。

涙の代わりに。

嗚咽の代わりに。

私の身体も、震え出しました。

菜摘は、奥二重でどちらかというと地味な顔立ちです。でもまつ毛だけは赤ちゃんの頃から長く、大きくなってメイクをするようになっても、つけまつ毛やまつエクなんて要らないわね、と、親バカにも思っていました。

そう、赤ちゃんの頃。

私は菜摘がどんな女の子になるのか、楽しみで仕方ありませんでした。

目立たない普通の子供ですが、その長いまつ毛のように、私には無い物を持っている、私の希望、私の夢でした。

これが、私の夢？

私の、希望……？

苦しんで苦しんで苦しんで、自分自身でまつ毛も眉毛も抜かずにいられない程追い詰められた、この姿が……？

今まで私の中に充満していた怒りが、栓が外れたように急激に抜けて行きます。

「……なっちゃん……」

ショックで、呼びかける声に力が入りません。

それでも、こんな風になってしまった娘を抱きしめようと、私は菜摘に手を伸ばしました。

しかし菜摘は、私の手に怯えたようにビクリと身体を竦《すく》ませ、主人の腕の中に身を縮こまらせました。

「なっちゃん」

「……ごめんなさい……」

菜摘の目から、涙が溢れます。まつ毛が無いので、目に膨れ上がった涙は留まることなく、後から後から筋を作り、頬に流れ落ちていきます。

「……も……塾、行きたくない……四葉も、行きたくない……もお……もお……」

菜摘は嗚咽を上げながらも、真っ直ぐ私を見て言いました。

「……勉強……したくない……」

そうして菜摘は、私の視線から逃れるように顔を主人の胸元に埋《うず》めると、低く泣き続けました。

私はそんな菜摘を、呆然と見つめました。

どういうこと……？

私が今までしてきたことは、一体何だったのでしょう。

今まで、子育てをしながらずっと思い続けてきたのは、菜摘が幸せになることだけでした。

菜摘のためなら、なんだってする。

何も特別なことじゃない、親なら誰だって抱く想いをいつも感じながら、子育てをしてきました。

菜摘が喜ぶ顔が見たい。

菜摘を苦しめることからは守り、菜摘を傷つける者がいたら、断固として闘う。

菜摘は私の宝物。

私の人生。

私の未来。

私の命。

だった、筈なのに。

今、菜摘は、私に恐怖しか感じていません。

抜毛を行わせる程追い詰めたのは、他ならぬ、母である私なのです。

こんなになるまで、気が付かなかった。

菜摘のためにと思いながら、私がしてきたことは、こんなになるまで菜摘を苦しめ、絶望に追いやっただけに、過ぎなかったのです。

違う。

こんなつもりじゃ、こんなつもりじゃなかった。

「……なっちゃん……なっちゃん。ママ、なっちゃんのこと、大好きよ」

私は言いました。

『ママ、大好き』

以前、菜摘は言ってくれました。

中学受験をやると決めた夜。

ママはいつだってなっちゃんの味方だと言った時。

ママもなっちゃんが大好きと言うと、ギュウッと抱きついてくれました。愛しくてたまらない、誰よりも可愛い菜摘。

「……大好きよ」

もう一度、言いました。

でも菜摘は、私の方を見ようとはしません。

主人の胸に顔を埋めたまま、身動き一つ取りません。

その姿が、ぼやけて歪みます。私の頬にも、涙が零れ落ちました。

これが、結果。

今まで私が必死の思いでしてきたことは、こんな形の実しか、実らせなかったのです。

菜摘の心を、私から、こんなにも、こんなにも離れさせた。

私のしてきた、全てのせいで。

愛だと、思っていました。

全てが、菜摘の幸せを考えてのことだと、思っていました。

今、まつ毛も眉毛も無くなった菜摘の顔を見るまでは。

どうして、気が付かなかったのでしょう。

愛する我が子が体調を崩していたら、塾に行けなど、勉強しろなど、言う筈がないのに。

先ず身体の心配をします。そして、勉強のし過ぎだから、塾も勉強も休めと言います。

本当に、娘のことを考えている親なのならば。

頭の中を覆っていた黒い霧が、晴れていきます。

そして、はっきりと見えたのは、他でもない。

私がしてきたことは、愛情なんかじゃなかった。

私の、単なるエゴイズムだったのです。

菜摘は、どれだけ怖かったでしょう。

「味方だ」と言っていた母親が、殴りかかってくる。いつも「大好き」と言ってくれた、優しかった声が、心が打ち砕かれるほどの罵詈雑言《ばりぞうごん》を怒鳴りつけてくる。

どんな思いで、菜摘はそれに耐えたのでしょう。

今までだって、ずっと耐えて来たのです。塾の猛勉強に耐え、試験の度に順位づけされることに耐え、鈴香ちゃんに無視されることに耐え、鈴香ちゃんがいなくなったことに耐え……耐えて、耐えて、耐えきれずにまつ毛を抜き、眉毛を抜き……。

初めてまつ毛を抜いた時、どう思ったのでしょう。

まつ毛も眉毛も無くなってしまった自分の顔を見て、どんな思いが去来したのでしょう。

女の子なのに。

まつ毛の長さが、眉毛の形が気になる、女の子なのに。

この子は、幸せなんかじゃない。

とんでもない不幸に、私が、母である私が、陥れてしまったのです。

「……ごめんね……」

私は菜摘の傍らに跪《ひざまず》きました。そして、頭を床にこすりつけ、何度も何度も言いました。

「ごめんね、なっちゃん……なっちゃん、ごめんね……。本当に、本当にごめんね……」


謝罪をすればするほど、罪悪感が、後悔の念が溢れ出てきます。

なんて悪い母親なのでしょう。

なんて酷い母親なのでしょう。

許しを請うたところで、全てが元に戻る訳などないのです。謝ったところで、菜摘のまつ毛や眉毛が今すぐ生えてくる訳ではない。菜摘の心を、傷付く前のまっさらな状態に出来る訳がないのです。

でもこんな最悪な私に、他に出来ることは考えられません。

菜摘のために出来ること。

菜摘がもう苦しまなくても、良くなること。

菜摘が何も思い煩うことなく、以前のように屈託なく笑い、真っ直ぐ私の胸に飛び込んで、「ママ、大好き」と甘えてくれた頃に戻ること。

本当は、悩むことなどないのです。

もう、答えは分かっている。こんな事態になっても、言い訳をしてその答えを見ないようにしている自分には、心の底から嫌悪を感じます。

菜摘を元に戻すには、これしかない。

こうなった原因を、元から無くすこと。

そうです。

私は、大きく息を吸いました。そうして、大きな決意と共に息を吐き出して、言いました。

「塾、やめよう」

低く、はっきりとした声で。

塾。

中学受験。

今まで底辺で這いつくばることしか出来なかった惨めな私をひとかどの人間だと思わせ、一時は麗香さんより優れているという錯覚まで起こさせた、美しく甘い、優しい夢。

でも。

「もう……やめよう」

私は、繰り返しました。

その決意を、自分の心に深く、刻み付けるために。

「なっちゃん、寝た？」

主人がリビングに戻ったのを見て、潜めた声で尋ねました。

主人はリビングと廊下を仕切るドアをそっと閉め、小さく頷きました。

「うん。ベッドに入った途端、寝息立ててた」

「やっぱり、眠かったんだ。ずっと、寝るの一時近かったから……」

私の言葉に、主人は呆れたように、小さなため息をつきました。

「俺が残業続きだったからって、そんな無理を……」

「……ごめんなさい」

「いい。謝んなよ、もう」

フッと小さく息を吐き、主人はダイニングテーブルに、向かい合わせに座りました。

そして私の目を覗き込み、

「本当に、いいんだな？　塾」

「うん。さっき、電話した。話があるので、明日一時に伺います、って」

「そうか」

主人の声には、安堵の色が感じられました。締め切り間際、徹夜徹夜でこなした仕事が、ようやく認められたような、深い安堵。

こんなにも、主人にも張りつめた、辛い思いをさせていたのです。

みんなが、苦しんでいた。

「……受験……結局、私だけだったのね。楽しかったの」

「楽しかったの？　なっちゃんの受験が？」

主人は、呆れたように言いました。他人から見れば、きっと想像も及ばない感覚なのでしょう。

どんどん上がっていく菜摘の成績に、熱に浮かされたように夢中になっていた私は、傍《はた》から見たら、所詮は砂で出来た城に喜ぶ、裸の王様に過ぎなかったのです。

でも。

楽しかった。

沢山、嬉しいことがありました。

今まで自分が歩んできた惨めで地味な人生とは全く違う、キラキラと光り輝くようなステージにいきなり躍り出て、本当に、本当に幸せだったのです。

でも私は、そこで間違えた。勘違いを、していた。

喝采《かっさい》を浴び続けるために、私は娘を犠牲にしていました。

娘の心は、声にならない悲鳴を上げ続けるように、体調を何度も崩すほど苦しんでいたのに。

私は、気が付かなかった。

いつも顔を合わせていたのに、抜毛に気が付かない程、菜摘を見ていなかった。

そんなことよりも、自分を包む光の眩《まばゆ》さに、快さに、私の目は眩《くら》んでいたのです。

「やめられるか？　本当に？」

念を押すような主人の低い声に、頷きました。

「自分を見失っていたの、分かったから」

もう一度、取り戻さなくてはいけない。

もう、菜摘が泣かなくていい人生。

菜摘が苦しむことなく、常に幸せという明かりを灯し、楽しく喜びをもって、行きたい未来に向かって歩むことの出来る人生。

そしていつでもそんな菜摘の味方であり、優しい眼差しで見守り続ける、私の人生。

『もう、塾やめよう』

主人の胸で泣く菜摘に、私は頭を床に付け土下座したまま、何度も繰り返し言いました。そして床から頭を上げた時、菜摘のまつ毛の無い目と、視線が合いました。

絶望に閉ざされたような暗い瞳に、一条の光が射したように見えました。

こんなたった一言を、菜摘は待っていたのです。

菜摘の人生を、私は自分の喜びのために利用した。そのことが、菜摘の心をどれほど深く抉ったことか。深い傷を負った心を、痛いとも、苦しいとも言えず、いつまでも癒えないまま舐め続けることしか出来なかった菜摘は、ずっとずっと、いつ明けるとも分からない闇の中で、待ち続けていたのです。

菜摘を苦しみに縛り付ける、受験からの解放を。

改めて、自分のしたことの罪深さを感じました。

私は、刻み付けるように誓いました。

もう二度と、菜摘にあんな瞳をさせてはいけない。

二度と、菜摘にあんなに深い傷を負わせては、いけない。


私は、主人の目を見据え、言いました。

「菜摘の人生は、菜摘のものだから。これからは、ずっと菜摘の味方になる。菜摘の人生を守るために、私は生きる」

私の言葉に、主人は瞳の色を和らげました。そして優しい笑みを浮かべ、テーブルの上に置いた私の手にその大きな掌を重ねました。

「頑張ろうな、二人で」

主人の微笑みに、私も笑みで応えました。

久し振りです。こんな、穏やかな心で過ごす時間は。

今まで、菜摘の優秀さで楽しく幸せな日々を過ごして来たと思っていたのに。

こんな風に笑ったのも、心が内側からほんのりと温かさに満ちてくるのも、なんだかものすごく久し振りな、懐かしい感じがします。

私は、本当に見失っていたのです。

幸せは、何かをして得られるものではなく、何もしなくても、いつも包み込んでいてくれるものだということを。

やっと、思い出しました。

九月八日

覚悟を決めて、私は才能館に向かいました。

まだ塾生の子供達が来るまでには間があるためか、才能館の入るビルの外も中も、ひっそりと静まり返っています。

昼間でも蛍光灯に照らされ、影も出来ない程明るい階段を上がりながら、私は、これでここに来るのも最後だな、と、ぼんやり思いました。ある時は絶望的な気持ちに首《こうべ》を垂れながら、ある時は胸がはち切れそうなほど幸せな気分に包まれながら、何度も往復した階段です。

全ては、麗香さんが始まりでした。

麗香さんに憧れ、麗香さんのようになりたくて入った才能館。麗香さんに裏切られ、麗香さんに復讐するために通い続けた才能館。

そう思うと、菜摘が才能館に通う必要など、もう何一つ無いのです。

なんだか、泥で汚れた身体をシャワーで洗い流したような、サッパリした感じがします。

あんな人たちに、拘泥していた自分が恥ずかしいくらいです。

今は、分かっています。

私には、私達家族には、菜摘の幸せ以外に必要なものなど、無い。

大事なことがはっきり分かった今、私はスッキリした気持ちで、才能館の扉を開きました。

「ああ、飯野さん」

デスクで仕事をしていた室長先生が、パソコンを閉じて立ち上がりました。心なしか、表情が強張っているように見えます。

「こんにちは。すみません、お忙しい時に、お時間作っていただいて」

今は午後一時。普段なら若いスタッフさんしかいないような、早い時間です。私が話があると言ったので、受付もまだしていない時間に、わざわざ来て下さったのです。

良いお話ではないのにこちらの都合に合わせて下さったことに申し訳なさを感じて、私は頭を下げました。そんな私に、室長先生はいつもながらの満面の笑みを見せ、

「いいえ、どうぞこちらに」と、面談で使う一番小さな教室へと入って行きました。

「九月になったというのに、まだまだ暑くて。夏期講習の疲れが出て、子供達も体調を崩しやすい時期なんですよ。菜摘くんも昨日お休みしましたけど、大丈夫ですか？」

子供が使う小さな机に向かい合わせに座ると、室長先生は世間話から入りましたが、その頬に、ずっと緊張が貼り付いているのが分かりました。昨日の電話で私が言った「話がある」という言葉から、何か感付いているのでしょうか。そうであるなら、渡りに船です。私は単刀直入に、切り出すことにしました。

「ええ。実は、こちらをやめさせていただこうと、思っております」

今までの人生で、ほとんど物事を断ったことなどありませんでした。そんなことをしたら迷惑をかけるのではないか、嫌われるのではないか、そう思って、どんな面倒くさい、厄介な事でも、背負い続けてきました。でも、今回は、今回だけは、別です。他の何物でもない、大事な大事な娘、菜摘のためなのです。

私の決意のこもった言葉に、室長先生は大きく息を吸い込みました。

でも、あらかじめ色々なことをお考えになっていたのでしょう。そこから取り乱すこともなく、吸った息を十分に吐き出すと、私の目を真っ直ぐ見つめて、言いました。

「……つまり、他塾に転塾する、ということでしょうか？」

「え？」

思い掛けない言葉に思わず聞き返すと、室長先生は先生と私の間にある机に、グイと身を乗り出しました。

「この時期に転塾したいというお子さん、多いんですよ。思うように成績が上がらないとか、塾の勉強が合わない、とかで。でもそうした場合でも、転塾が最良の手段では、決してないんです。菜摘くんは、十分力を伸ばせています。合っている筈ですよ、うちのやり方で。何かご不満があるのなら、仰って下さい。講師陣と話し合って、菜摘くんに最良の態勢を作ります」

「いえ、転塾とかではなくて、受験を……」

「あ……まさか、受験をやめる……？」

目を見開いた室長先生に、私は小さく頷きました。そんな私を見て、室長先生は口の中で小さく「駄目だ、そんなの駄目だ」と呟き、また私を見つめ返しました。真っ直ぐ、強い力を灯した目で。

「お母さん、誤解しないで下さい。お金とか、進学実績とか、そういう観点ではないんです。僕は、いや、この才能館は、菜摘くんに期待しているんですよ。分かりますか？　育てて行きたいんです。どこまで菜摘くんが伸びていくのか、見届けたいんです。そのために必要なことは、惜しみなく与え続けたい。そう思っているんですよ」

室長先生の熱い眼差しに、私の胸は大きく鳴りました。それはドクドクと速まっていき、指先も震え始めます。

そうでした。

菜摘は、素晴らしい子。

今まで冴えない子供として見下されていた菜摘の本当の姿を見出し、グングンと成長させてくれたのが、この才能館だったのです。

昨日の出来事で、頭から一掃されていたことが、またムクムクと湧き上がってきます。

今まで何一つ取柄の無かった菜摘が、見たこともない集中力で勉強に熱中したこと。

みるみるうちに力がついて、下剋上とも言えるほどのクラスアップを果たしたこと。

みんなから「すごい、すごい」と言われ、菜摘もキラキラした目で、上がっていく自分の偏差値と成績を見ていたこと。

真摯な瞳で真っ直ぐ私を見つめる室長先生を見ているうちに、私は、分からなくなってきました。

本当に、本当にやめてしまって、いいのでしょうか。

あの日々は、沢山の期待は、希望は、その先にある筈の輝かしい未来は、本当に今、捨て去ってしまっても、良いものなのでしょうか。

震えながら逡巡する私の顔を、室長先生が熱い眼差しで覗き込みます。

「一緒に、育てさせてください。あの素晴らしい子はお母さんだけのものじゃない。将来、日本の宝になるかもしれない子なんですよ」

日本の宝。

息を呑みます。

私は……いいえ、菜摘は。

菜摘は、後悔しないのでしょうか。

今やめたら、また前の生活に戻るのです。

何一つ取柄の無い、地味で目立たない、有象無象のその他大勢に。

日本の宝とまで言われる、その価値をなげうって……？

昨日菜摘は、塾に行きたくないと言っていました。

やめたいと、もう勉強したくない、と、言っていました。

でも。

たったそれだけの理由でやめて、本当にいいの……？

「もしそれでもやめたいと仰るのなら、お母さん。僕たちも、考えましょう。でもね」

黙りこくって俯く私に、室長先生は硬い声で語り掛けました。

「今菜摘くんがやめたら、他のライバルたちを喜ばせるだけですよ」

私は、ハッと顔を上げました。

「いいんですか？　こんな負け方して」

室長先生の厳しい眼差しが、胸を貫きました。

負ける。

私は、負けるのか。

麗香さんに負けて、またここでも。

私は……負けるのか……？

一瞬にして、麗香さんの顔が、そしてエリちゃんママの顔、マキちゃんママの顔、立川君のお母さんの顔が浮かびます。みんな、みんな、どこか嘲《あざけ》り笑うような表情を浮かべています。

『やっぱり、大したこと無かったのね』

『弱い子ね、あんな程度で潰れるなんて』

『みっともない』

ゲラゲラという笑い声が、聞こえてくるようです。

また、バカにされる。あんな人なんかと言われ、下にいる存在としてしか価値を認められなくなる。
硬い塊を強く押しつけられているような重い痛みが、心臓を押し包んでいきます。
苦しい。
苦しくて、堪りません。
荒くなる息の中で、いやだ、と、思いました。
こんなのは、いやだ。
負けたくない。
絶対、負けたくない。
絶対、絶対、絶対……！
思いは強く、激しく、私の中で凄まじい勢いで膨らんでいきます。
「……先生……」
震える声で、私は言いました。
心の片隅で、やめろという叫び声が聞こえます。
菜摘は、嫌がっている。
もう、勉強するのは嫌だと言っている。
やめろ。

この世界に戻るのは、やめろ。
元の世界に、戻るんだ。
あの地味で目立たない、その他大勢に埋もれていた世界に。
あの子のために。
その声に、大きく光り輝く声が被りました。
それが、本当に菜摘のためなの？
そんな、負け犬の世界に戻ることが？
笑われることが？
あの地獄のような私の高校生活を、菜摘にたどらせることが……？
冗談じゃない。
冗談じゃないわ。
私はもう、負けたくない。
笑われたくない。
バカにされたくない。
私は。
私は……。

色んな感情が激しくぶつかり合って、全身がガクガクと震えてきます。それを抑えながら、私は掠れる声を絞り出しました。

全ての思いを食い破って、私の真ん中についに君臨した、たった一つの本心。

「……やっぱり……これからも菜摘を、よろしくお願いいたします」

九月十三日

単元テストの結果が出た。
やっぱり、戻って良かった。
ここそが、私達の本当にいるべき場所なんだ。

国語　一四八点
算数　一五〇点
社会　九七点
理科　九六点
合計　四九一点
全国順位　五位

九月二十日

単元テスト。

何、これ。
点数下がってるじゃない。
順位は変わらないけど、気を引き締めさせなきゃ。

国語　一四六点
算数　一五〇点
社会　　九六点
理科　　九五点
合計　四八七点
全国順位　五位

九月二十七日

公開模試。

国語　一四五点
算数　一五〇点
社会　九七点
理科　九八点
合計　四九〇点
全国順位　四位

十月四日

単元テスト。

国語　一四八点
算数　一五〇点
社会　九八点
理科　一〇〇点
合計　四九六点
全国順位　三位

十月

※

そこまでパソコンに打ち込んだ時、電話が鳴った。

思わずビクリと身体が揺れる。

いや、電話の筈はない。電話線は抜いてあるのだ。

最近、担任の加藤からの電話が頻繁にかかってくるようになり、耐えかねた苦肉の策だ。

『菜摘さん、元気ないですけど、おうちではどんなご様子ですか？』

一度うっかり対応してしまったら、それはしつこく菜摘のことを訊いてきた。大丈夫、元気ですと言っても、頭から疑ってかかってくる。いかにも心配そうな声だが、加藤が本心では私達母子をバカにしているのは分かり切っている。

余計な口を出すな、クソ担任。

記憶の中の加藤に口汚く罵る。

今鳴っているこれは、スマホの着信音だ。連絡を取りたい相手には、スマホに電話をするように頼んであり、それ以外はシャットアウトしている。余計な雑音は、受験の邪魔になる。

スマホの画面に表示された発信者名は、〈才能館〉。

ああ……胸を撫で下ろして、電話に出た。

「はい」

「こんにちは」と爽やかに話し出した相手は、確かに才能館の尾崎室長だった。

『菜摘くん、今回のテストでも素晴らしかったですね。全国で三位なんて、うちの校舎で初めてですよ。本当に素晴らしい』

電話越しでも分かる喜びに満ち溢れた声に、私もつられて笑みを浮かべた。

「そうですか。なんだかもう、五年生のテストは簡単すぎるみたいですよ。菜摘だけ六年生のテストを受けさせてもらいたいくらい」

尾崎室長は「確かに」と高らかに笑った。

『そこで、ちょっとお願いがありましてね。来週の日曜日に、入塾テストを兼ねた全国模試がありまして、入塾希望者の保護者説明会を開くんです。その時うちの卒業生に受験時の勉強の仕方や生活のことを話してもらうんですが、本部の方から、菜摘くんにも話してもらったらどうかと言われまして……』

「菜摘が、ですか？　でも、まだ五年生ですよ」

『ええ。卒業生と言っても、御三家や国立中に受かったお子さん達です。いわゆる、うちの塾での成功体験ですね。そういった話もいいんですが、うちには菜摘くんという最優秀の素晴らしい塾生さんがいらっしゃるから、経験談より今の頑張り方を聞いたほうが、うちに通わせようとしている親御さんたちには響くんじゃないか、となりまして。でも……菜摘くん、大丈夫ですかね？』

尾崎室長の声が不意に強張った。

何が言いたい？

何を気にしている？

そんなの、決まっているじゃないか。

私は朗らかに答えた。

「あら。室長先生のお願いなら、お断り出来ませんね。勉強時間を割くのは困りますけど、才能館のために一肌脱ぎましょうか」

『あ、ハハ、ああ……いや、良かった。助かります。本当に、菜摘くんはうちの宝ですよ。これからも頼りにしています。では、詳細は今日菜摘くんが来たら書面でお渡ししますから、よろしくお願いします』

はい、では、と言って、私は通話を切った。いつもであれば相手が切るまで待つのだが、尾崎室長は絶対私が通話をやめるまで電話を切らないのだ。私への、いや、優秀な塾生である菜摘の親への気遣いだ。

優秀な菜摘の話を未来の中学受験生の親たちに聞かせたいという今の話も本当だろうが、実のところは、もう才能館をやめるなどと言わせないためのものだろう。

私には、尾崎室長が本当に言いたい言葉を飲み込んだのも分かっていた。何と言っても、彼が今一番怖れているのは、私の気持ちを逆撫でること。彼は今や私にひれ伏す立場なのだ。この素晴らしい子供の母である私に。

〈菜摘くんはうちの宝ですよ〉

胸の中で何かがチカリと光る。だが、一瞬で消えた。

以前はあんなにキラキラ煌《きら》めいていたのに。どんな賞賛も、慣れてしまえば輝きを失う。

もっと、もっと輝きが欲しい。

今まで以上に、菜摘を輝かせないと。

窓の外に目をやると、既に暗くなり始めている。しかし時計を見ると、まだ四時だ。

そろそろ、菜摘が帰ってくる。

キッチンに向かった。冷蔵庫を開き、ブロッコリーとアスパラガス、ベーコン、卵を取り出す。冷凍庫から作り置きのハンバーグを出してレンジに入れ、解凍を待つ間にベーコンをアスパラに巻き、お浸しにするためのブロッコリーを茹でる。卵はあおさとカニカマを入れた卵焼きだ。栄養バランスと彩りを完璧にした、菜摘の塾弁。日本でトップクラスの優秀な中学受験生に相応しい、弁当。

解凍を告げるレンジの電子音と共に、玄関からガチャリと鍵を開ける音が聞こえた。ポトリ、ポトリと軽い足音が近づいてくる。私はそちらを見ることなく、「おかえり」と言った。元々はマンションの玄関に着いた時点で呼び鈴を鳴らし、オートロックを開けてやっていた。だが最近、招かれざる客が度々来るようになったので、直接家に入るように言ってあるのだ。

菜摘がキッチンを通り過ぎる。まるで気配を消すかのように背中を丸め、黙っている。私は解凍したハンバーグをフライパンに入れ、ケチャップとソースを絡ませる。

「今日のお弁当は、なっちゃんの好きなハンバーグだから。美味《おい》しく食べられるように、しっかり勉強してね」

俯き加減の菜摘が、長い前髪の隙間からこちらに視線を投げた。以前はカーテンのように厚かった前髪が、今は簾《すだれ》のようだ。まつ毛と眉毛を失わせた抜毛が、前髪にも及んでいた。

中学受験を抜けることをやめると言ってから、一ケ月が経った。

夫の雄介《ゆうすけ》は、しばらくは私を説得しようとした。実家や学校、果ては児童相談所にまで行った。そのせいで加藤がしょっちゅう電話を寄こし、雄介の両親や児相の相談員が訪ねてくるようになったのだ。余計なことしかしない夫に私は激怒し、家庭内別居状態になった。しかし菜摘が従順に私の言うことに従うので、今は夫も何も言わなくなった。家にもあまり帰らなくなったが、むしろその方が都合が良かった。

うるさい夫もいない。

加藤や義父母、児相の相談員なんて、無視するのだ。

これでもう誰に邪魔されることもない。菜摘の、そして私の二人だけの、栄光に溢れた世界に邁進《まいしん》出来るのだ。

菜摘も、やっと自分の本当の価値に気付いたのだろう。再び私の言う通りに、黙々と勉強をするようになった。順調に成績も伸び、順位もずっと全国五位以内をキープしている。そして今回初めて、三位まで上がった。女子では、全国一位だ。

鈴香が通う四葉なんて、もう目じゃないところまで、菜摘は伸びたのだ。どんなに偉そうにしていても、麗香など自分の足元にも及ばないところまで、辿り着いた。麗香だけじゃない。誰も、ここに辿り着けるものはいない。菜摘のような優秀な子供を育てている母親は、自分以外いない。その事実に、恍惚となる。

この快感は、あの時塾をやめていたら手に入れることが叶わなかったのだ。私は心から思った。本当に、やめなくて良かった。

ハンバーグを皿に移す。静かになったキッチンに、忍ぶような小さな音で音楽が聞こえてきた。

見ると、菜摘が数枚のプリントに何かを書き込みながら、パソコンの前に座っていた。小さく首を振っている姿は、リズムを取っているように見える。最近ずっと見ることのなかった笑みを、頰に湛えて。

笑ってる……？　先ほどまで高鳴っていた胸が、不穏にざわつく。

「なっちゃん？　パソコンで何見てるの？」

私の声に、菜摘は頰の笑みを消してパソコンを切った。

何も答えないのが怪しい。菜摘の方にゆったりと歩み寄る。

「なっちゃん？　何、隠してるの？」

「……別に、隠してなんか……」

消え入りそうな声で答える菜摘の手から、プリントを取り上げる。

楽譜だ。

「何、これ？」

菜摘が深く俯く。

「なっちゃん」

私はこの上なく優しい声で問いかけた。

「塾や勉強とは、関係ないものよね？　何に必要なものなの、これは？」

「……クラブ……」

「え？」

「音楽クラブ……来週の日曜、本番なんだ。ミュージックフェスタって、商店街のお祭り。先生から、ユーチューブで曲を聴いておきなさいって言われて……」

「ああ、そう」

私は菜摘の言葉を遮り、手にした楽譜を一瞥した。

そしてそれを、真っ二つに引き裂いた。

「えっ……」

菜摘がまつ毛を失った目を見開いてこちらを見つめた。その目の前で、裂いた楽譜を更に何度も裂き続けた。菜摘はすっかりこけた頰を強張らせ、息を吞む。その目の前に、引き裂いた楽譜をひらひらと落とした。

「受験に関係ないものは、要らないわね」

「だって……だって、学校のボランティアなんだよ……ミュージックフェスタは、毎年演奏してる……」

「なら、なおさら関係ないでしょう。第一、来週の日曜日は才能館の入塾説明会があるの。優秀なあなたにお話しして欲しいって、室長先生からお電話あったから。今日塾に行ったら、ちゃんと詳細のプリント、貰ってらっしゃい」

そう言ってキッチンに戻る足元で、菜摘が床に落ちた楽譜をしゃがんで拾い集める。服の上からも骨が浮き出ているのが分かる菜摘の背中を見下ろして、私は「それ、捨ててね」と言った。

「ただでさえ毎週テストがあってプリント類溜まりがちだから、余計なものとっておかないでちょうだいね。捨てたら、早く塾に行く準備しなさい」

「……余計なもの、なんかじゃない……」

床に座り込んだまま、引き裂かれた楽譜を抱きしめる菜摘の声が震える。

「これ……あたしの、大好きな曲なのに……曲決める時、あたしの意見を取り入れてもらって、演奏するの、ずっと、すごく、楽しみに……」

「ああ、そうだ。この前の模試、全国三位だったわよ」

クスッと小さく笑う。

「室長先生が、あなたのこと〈うちの宝〉ですって。説明会では、入塾希望者の保護者達にあなたの勉強法とか、色々お話しすることになるみたいだから、しっかり準備していきなさいね」

「……みんなが、あたしのために入れてくれた曲……あたしが辛そうだって、これで元気出してって、さっちゃんが言ってくれて、みんなが……」

「そうだ、まとめやテストの振り返りノート、持って行きなさいよ。前にすごく売れたじゃない、東大生のノートの本。みんな絶対、優秀な子のノート見たい筈よ」

考えるだけで、わくわくと胸が踊る。

「みんな食いつくわよ。あなたほど優秀な子のノートなんだもの。見せるのに、お金貰ってもいいくらいよね。いっそのことコピーして、才能館で売ってもらおうか？ いくら出してでも、絶対欲しいわよね、みん……」

「ああ、あああああああーっ！」

ドンという衝撃と共に、菜摘がぶつかってきた。何、と思う間もなく、床に後頭部が激突する。はずみで棚にぶつかったのか、バラバラとシリアルやパンが倒れた私と菜摘の上に落ちてきた。

「え」

何……何が起きたの……？　目を見開き、菜摘を見つめる。眉毛もまつ毛も失った目から涙が滂沱《ぼうだ》となり頬を濡らしている。ハアハアと荒い息を吐く歪み切ったその顔は、もう母を見る目を持っていなかった。

そこに宿るのは――。

「……もう、やめて……もう、いなくなって」

「な……にを、言ってるの……？　なっちゃん、あなた……」

泣きながら、ゆったりと菜摘が立ち上がる。その手に、服に、血がべっとりと付いている。

「なっちゃん、血が……！」

どうしたの？

何があったの？

菜摘はどこを怪我したの……？

激しく動揺して菜摘に手を伸ばす。

その私の手も、血塗れだ。

……え……？

私も自分の腹に目をやった。そこに屹然《きつぜん》と立っているのは、いつも菜摘のペンケースにある鋏《はさみ》だ。児童用ではよく切れないというので買い換えた。私と菜摘、二人で選んだピンクの持ち手の鋏……その異質な光景を見た途端、猛烈な痛みが熱さを伴って身体中に響き渡った。

「……なっちゃ……ママ、刺したの……？」

「だって、あんたがいる限り、無理じゃん……あんたの言う通りにしないと、無理、じゃん……」

足元をふらつかせながら、菜摘が後ずさる。

「もう、やだ……もう、いないで……あたしに、色々言わないで。もう……もう、あたしの中から、出てって……！」

「……どうして……？」

横たわっているのに頭がくらくらする。それでも、菜摘に手を伸ばした。

「ママ……ママは、なっちゃんの味方だったじゃない……」

『いつもなっちゃんの味方だよ』

笑顔で笑い合った。

でもあの頃輝いていたえくぼは、もう無い。

灰色にこけた頬の菜摘に、私は続けた。

「いつも、なっちゃんのことを考えて……全部、なっちゃんのために、してきたのに……」

「あたしのため……？　違うよ」

菜摘もこちらを見つめる。それは、腹から血を流す母の姿に心を動かすことなく、汚物でも見るかのような冷たい眼差し。

「何もかも、ママは、自分のためだよ」

そう言って、菜摘は踵を返した。

「なっちゃ……」

呼び止めようとしたが、息がヒューヒューと出るだけで、声にならない。菜摘は振り返ることなく、私の視界から姿を消した。廊下を走る音が聞こえ、すぐに玄関のドアが閉まる音がキッチンにまで響いてきた。

私は力なく伸ばした手を床に落とした。

脈打つたびに、鈍器で殴られるような痛みが走る。刺さった鋏が蓋になっているのか激しい出血ではないが、服が血で濡れそぼっていくのが分かった。

菜摘は助けを呼びに行ったの……？

漠然と浮かんだその考えが、急にひどくバカらしいことに気付いた。
苦しさと痛みに荒れる息に、笑いが混ざる。
バカらしいじゃない。
バカだ。
菜摘は、私を捨てたのだ。
私だけだった。
一緒にいて、幸せだったのは。
生まれた時から、ずっとずっと、幸せだったのは。
かわいい、かわいい、かわいい菜摘。
ああ、これだけは本当よ。
あなたは何よりも大切な、私の宝物。
誰よりも幸せになって欲しい、私の夢。
同じ夢を見たかったのに。
どうして、違ってたの……？
息が浅くなり、目の前が朦朧《もうろう》としてくる。
ママ、と、耳元で菜摘の声が聞こえた気がした。

空耳だ。
でも、菜摘が呼んでいる。
ずっと。
ママ、ママ、ママ。
幼い菜摘が、真ん丸な頬にキラキラしたえくぼを作って、笑っている。
小さな手を大きく振りながら、私を呼んでいる。
目から一筋の涙が零れ落ちた。

なっちゃん。

菜摘は、私の血が付いた状態で外に出た。
手も服も真っ赤に染まった菜摘を見て、外は騒ぎになっているのではないだろうか。
騒ぐ人達に囲まれて、菜摘はどうしているだろう。
うろたえていないか。
怖がっているんじゃないか。
早く助けに行かないと。

なんとか起き上がろうとする。背中に力を入れ、身をよじる。腹部に猛烈な痛みが走り、動いた拍子に血が噴き出した。慌てて両手で傷口を押さえるが、ドクドクと溢れ出る血は止まらない。

死にたくない。

いや、死んではいけない。

私が死んでは、菜摘が殺人犯になってしまう。

あの私の愛する素晴らしい子供が、極悪人として世間の晒《さら》し者になってしまう。

「い、や」

何とか意識を繋ぎ止めようと、喉に力を込めて声を出した。

「か、み、さ……ま」

神様、助けて下さい。

私を死なせないでください。

お願いします、どうぞ。

どうぞ、あの子のために。

※この作品はフィクションであり、登場する人物・団体・事件等は、すべて架空のものです。

―――本書のプロフィール―――

本書は書き下ろしです。

小学館文庫

すべてあなたのためだから

著者　武内昌美《たけうちまさみ》

二〇二三年二月十二日　初版第一刷発行

発行人　石川和男
発行所　株式会社 小学館
〒一〇一-八〇〇一
東京都千代田区一ツ橋二-三-一
電話　編集〇三-三二三〇-五九五九
販売〇三-五二八一-三五五五
印刷所――――図書印刷株式会社

ISBN978-4-09-407227-3